21世纪高等学校规划教材 | 计算机应用

Visual FoxPro数据库应用教程 配套习题与实验指导

常雪琴 主编　　陈秀兰 副主编

清华大学出版社

北京

内 容 简 介

本书是《Visual FoxPro 数据库应用教程》(常雪琴主编,清华大学出版社出版)的配套教材,全书分为两部分,第一部分为理论习题,第二部分为上机指导。第一部分是在分析 Visual FoxPro 的基础知识、全国计算机 Visual FoxPro 等级水平考试大纲和全国计算机二级 Visual FoxPro 历届考试试题的基础上筛选出的习题。第二部分包括 16 个实验,可以帮助学生提高数据库的基本操作和程序设计能力。本书所有上机题目都是在计算机上调试通过的。

本书具有语言简练、重点突出、思路清晰、使用性强的特点,积累了多位一线任课教师多年来的教学经验。学生通过本书的学习,能够在较短的时间内掌握 Visual FoxPro 数据库的基本应用能力。

本书适合作为高等院校非计算机专业的 Visual FoxPro 的上机教材,也可以作为其他数据库用户学习和参加等级考试的参考书。

图书在版编目(CIP)数据

Visual FoxPro 数据库应用教程配套习题与实验指导/常雪琴主编. —北京:清华大学出版社,2011.5

(21 世纪高等学校规划教材·计算机应用)

ISBN 978-7-302-24612-1

Ⅰ.①V… Ⅱ.①常… Ⅲ.①关系数据库—数据库管理系统,Visual FoxPro—高等学校—教学参考资料 Ⅳ.①TP311.138

中国版本图书馆 CIP 数据核字(2011)第 012436 号

责任编辑:闫红梅 李玮琪
责任校对:李建庄
责任印制:杨 艳
出版发行:清华大学出版社　　　　　　　　　　　地　　址:北京清华大学学研大厦 A 座
　　　　　http://www.tup.com.cn　　　　　　　　邮　　编:100084
　　　　　社　总　机:010-62770175　　　　　　邮　　购:010-62786544
　　　　　投稿与读者服务:010-62795954,jsjjc@tup.tsinghua.edu.cn
　　　　　质　量　反　馈:010-62772015,zhiliang@tup.tsinghua.edu.cn
印　装　者:北京鑫海金澳胶印有限公司
经　　销:全国新华书店
开　　本:185×260　印　张:10.5　字　数:262 千字
版　　次:2011 年 5 月第 1 版　　　印　　次:2011 年 5 月第 1 次印刷
印　　数:1~5000
定　　价:19.00 元

产品编号:039756-01

编审委员会成员

出 版 说 明

随着我国改革开放的进一步深化，高等教育也得到了快速发展，各地高校紧密结合地方经济建设发展需要，科学运用市场调节机制，加大了使用信息科学等现代科学技术提升、改造传统学科专业的投入力度，通过教育改革合理调整和配置了教育资源，优化了传统学科专业，积极为地方经济建设输送人才，为我国经济社会的快速、健康和可持续发展以及高等教育自身的改革发展做出了巨大贡献。但是，高等教育质量还需要进一步提高以适应经济社会发展的需要，不少高校的专业设置和结构不尽合理，教师队伍整体素质亟待提高，人才培养模式、教学内容和方法需要进一步转变，学生的实践能力和创新精神亟待加强。

教育部一直十分重视高等教育质量工作。2007 年 1 月，教育部下发了《关于实施高等学校本科教学质量与教学改革工程的意见》，计划实施"高等学校本科教学质量与教学改革工程（简称'质量工程'）"，通过专业结构调整、课程教材建设、实践教学改革、教学团队建设等多项内容，进一步深化高等学校教学改革，提高人才培养的能力和水平，更好地满足经济社会发展对高素质人才的需要。在贯彻和落实教育部"质量工程"的过程中，各地高校发挥师资力量强、办学经验丰富、教学资源充裕等优势，对其特色专业及特色课程（群）加以规划、整理和总结，更新教学内容、改革课程体系，建设了一大批内容新、体系新、方法新、手段新的特色课程。在此基础上，经教育部相关教学指导委员会专家的指导和建议，清华大学出版社在多个领域精选各高校的特色课程，分别规划出版系列教材，以配合"质量工程"的实施，满足各高校教学质量和教学改革的需要。

为了深入贯彻落实教育部《关于加强高等学校木科教学工作，提高教学质量的若干意见》精神，紧密配合教育部已经启动的"高等学校教学质量与教学改革工程精品课程建设工作"，在有关专家、教授的倡议和有关部门的大力支持下，我们组织并成立了"清华大学出版社教材编审委员会"（以下简称"编委会"），旨在配合教育部制定精品课程教材的出版规划，讨论并实施精品课程教材的编写与出版工作。"编委会"成员皆来自全国各类高等学校教学与科研第一线的骨干教师，其中许多教师为各校相关院、系主管教学的院长或系主任。

按照教育部的要求，"编委会"一致认为，精品课程的建设工作从开始就要坚持高标准、严要求，处于一个比较高的起点上；精品课程教材应该能够反映各高校教学改革与课程建设的需要，要有特色风格、有创新性（新体系、新内容、新手段、新思路，教材的内容体系有较高的科学创新、技术创新和理念创新的含量）、先进性（对原有的学科体系有实质性的改革和发展，顺应并符合 21 世纪教学发展的规律，代表并引领课程发展的趋势和方向）、示范性（教材所体现的课程体系具有较广泛的辐射性和示范性）和一定的前瞻性。教材由个人申报或各校推荐（通过所在高校的"编委会"成员推荐），经"编委会"认真评审，最后由清华大学出版社审定出版。

目前，针对计算机类和电子信息类相关专业成立了两个"编委会"，即"清华大学出版社计算机教材编审委员会"和"清华大学出版社电子信息教材编审委员会"。推出的特色精品教材包括：

（1）21 世纪高等学校规划教材·计算机应用——高等学校各类专业，特别是非计算机专业的计算机应用类教材。

（2）21 世纪高等学校规划教材·计算机科学与技术——高等学校计算机相关专业的教材。

（3）21 世纪高等学校规划教材·电子信息——高等学校电子信息相关专业的教材。

（4）21 世纪高等学校规划教材·软件工程——高等学校软件工程相关专业的教材。

（5）21 世纪高等学校规划教材·信息管理与信息系统。

（6）21 世纪高等学校规划教材·财经管理与计算机应用。

（7）21 世纪高等学校规划教材·电子商务。

清华大学出版社经过二十多年的努力，在教材尤其是计算机和电子信息类专业教材出版方面树立了权威品牌，为我国的高等教育事业做出了重要贡献。清华版教材形成了技术准确、内容严谨的独特风格，这种风格将延续并反映在特色精品教材的建设中。

清华大学出版社教材编审委员会

联系人：魏江江

E-mail:weijj@tup.tsinghua.edu.cn

前言

随着计算机技术的发展，计算机的主要应用已从科学计算转变为数据处理。如何选择一个数据库管理系统作为日常数据处理的工具，是办公人员办公、大中专学生和初学者学习必须考虑的一个问题。

20世纪70年代后期，关系数据库理论的研究已基本进入了成熟阶段。随着80年代微机的普及和性能的大幅度提高，数据库产品得到了迅速发展。逐步出现了dBASE Ⅱ、dBASE Ⅲ、dBASE Ⅳ、FoxBASE、FoxPro 1.0、FoxPro 2.0、FoxPro 2.5、FoxPro 2.6和Visual FoxPro 3.0等产品。微软公司于1998年推出了Visual FoxPro 6.0。它不但是一个强大的交互式数据管理工具，而且是一个可以通过应用程序全面管理数据的语言系统；不但能够处理一般的数据，而且可以处理声音、图片等多媒体数据；不但支持传统的面向过程的编程方法，而且提供了强有力的面向对象的编程技术。在信息时代，用人单位把掌握计算机技术的水平作为录用人才的一个重要指标。国家每年都举办计算机等级水平考试，以验证用户掌握计算机技术的水平。

本书正是在考虑了计算机数据处理技术的发展和计算机等级水平考试以及教学、培训的基础上编写而成的。本书与清华大学出版社出版的《Visual FoxPro数据库应用教程》一书配套。

本书特点如下：

- 为清华大学出版社出版的《Visual FoxPro数据库应用教程》一书在数据库基本操作、程序设计和系统开发等方面通过实验指导、理论习题提供了有力支持。
- 在具体写作风格上，从培养用户实际能力的角度出发，本书对同一个问题我们力求从不同的角度去描述（由于篇幅关系，没有穷尽所有的描述方法和编程方法，本书对有些问题给出了2~3种解法），使学习者可以从问题的不同角度去理解问题，从而提高自身思维扩展的能力。这样既可提高学习者编写程序的能力，也可以培养学习者从多角度观察现实社会的一些问题的能力，以得出较为全面的解决方案。同时，对一些典型的题目通过程序设计附加题的形式给出，让用户选择学习，以进一步扩大学生的思路。
- 充分考虑了学生参加全国计算机等级水平考试的需要，认真研究了全国计算机等级水平考试大纲，本书选择的试验题和理论习题不仅能帮助学习者对Visual FoxPro 6.0基本内容起到良好巩固的作用，还能帮助学习者顺利地通过计算机等级水平考试，也是我们教师多年的教学经验。

本书由常雪琴担任主编，编写了第1章、第2章和第3章；陈秀兰担任副主编，编写了第4章~第8章，实验1~实验3，曹丽蓉编写了实验4~实验11，田伟编写了实验15和实验16，殷淑娥编写了实验12~实验14。本书在编写的过程中参考和借鉴了大量国内外最新的著作和教材，同时得到了韩金仓教授、李振东教授和李兵教授的大力指导和帮助，在此表示感谢。

因为时间仓促、水平有限，书中难免有遗漏和不足之处，敬请各位读者批评指正。我们期待您的意见与建议，E-mail 地址：cxq4615@163.com。

编 者

2011 年 3 月

目 录

第一部分　理论习题

第二部分　上机指导

第一部分

理 论 习 题

第1章

数据库理论与 VFP 基础知识

1.1 选择题

1. 数据库系统的核心是( )。
   A. 数据库 　　　　 B. 操作系统 　　　　 C. 文件 　　　　 D. 数据库管理系统
2. 数据模型是( )的集合。
   A. 文件 　　　　 B. 记录 　　　　 C. 数据 　　　　 D. 记录及其联系
3. 数据库系统的组成包括( )。
   A. 数据库、DBMS 和数据库管理员 　　 B. 数据库、DBMS、硬件、软件
   C. DBMS、硬件、软件和数据库 　　 D. 数据库、硬件、软件和数据库管理员
4. Visual FoxPro 是一种关系数据库管理系统,所谓关系是指( )。
   A. 表中各个记录间的关系 　　　　 B. 表中各个字段间的关系
   C. 一个表与另一个表的关系 　　　　 D. 数据模型为二维表模式
5. 数据处理的中心问题是( )。
   A. 数据 　　　　 B. 处理数据 　　　　 C. 数据计算 　　　　 D. 数据管理
6. 在数据管理技术的发展过程中,可实现数据完全共享的阶段是( )。
   A. 自由管理阶段 　 B. 文件系统阶段 　 C. 数据库阶段 　 D. 系统管理阶段
7. 下列运算中,不属于专门的关系运算的是( )。
   A. 连接 　　　　 B. 选择 　　　　 C. 笛卡儿积 　　　　 D. 投影
8. 将两个关系中相同的属性元素联接在一起构成新的二维表的操作称为( )。
   A. 选择 　　　　 B. 投影 　　　　 C. 筛选 　　　　 D. 联接
9. 关系数据库中的三种基本运算不包括( )。
   A. 选择 　　　　 B. 比较 　　　　 C. 连接 　　　　 D. 投影
10. 数据库中的数据是有结构的,这种结构是由数据库管理系统所支持的( )表现出来的。
    A. 关系模型 　 B. 数据库模型 　 C. 数据模型 　 D. 关系模型
11. 关系数据库系统中所用的数据结构是( )。
    A. 树 　　　　 B. 图 　　　　 C. 表格 　　　　 D. 二维表

12. 一个关系相当于一个二维表，二维表中各列相当于该关系的（   ）。
    A. 数据项　　　　B. 元组　　　　　　C. 结构　　　　　　D. 属性
13. 用二维表来表示实体和实体之间联系的数据模型称为（   ）。
    A. 面向对象模型　B. 网状模型　　　　C. 关系模型　　　　D. 层次模型
14. 从数据库的结构上看，数据库系统采用的数据模型有（   ）。
    A. 网状模型、链状模型和层次模型　　B. 层次模型、网状模型和环状模型
    C. 层次模型、关系模型和网状模型　　D. 链状模型、关系模型和层次模型
15. 数据库系统的构成为数据库、计算机硬件系统、用户和（   ）。
    A. 操作系统　　　B. 数据集合　　　　C. 文件系统　　　　D. 数据库管理系统
16. 关系数据库的基本运算有（   ）。
    A. 选择、投影和删除　　　　　　　　B. 选择、投影和添加
    C. 选择、投影和连接　　　　　　　　D. 选择、投影和插入
17. 数据库（DB）、数据库系统（DBS）数据库管理系统（DBMS）三者之间的关系是（   ）。
    A. DBS 包括 DB 和 DBMS　　　　　　B. DB 包括 DBS 和 DBMS
    C. DBMS 包括 DB 和 DBS　　　　　　D. DB 就是 DBS，也就是 DBMS
18. Visual FoxPro 采用的数据模型是（   ）。
    A. 关系模型　　　B. 网状模型　　　　C. 层次模型　　　　D. 混合模型
19. 数据库是在计算机系统中按照一定的数据模型组织、存储和应用的（   ）。
    A. 数据的集合　　B. 文件的集合　　　C. 命令的集合　　　D. 程序的集合
20. 支持数据库各种操作的软件系统是（   ）。
    A. 数据库系统　　B. 命令系统　　　　C. 操作系统　　　　D. 数据库管理系统
21. 关系模型可以表示实体间的联系有（   ）。
    A. 一对一　　　　B. 一对多　　　　　C. 多对多　　　　　D. 以上三项都是
22. Visual FoxPro 数据库是（   ）。
    A. 层次型数据库　　　　　　　　　　B. 关系型数据库
    C. 网状型数据库　　　　　　　　　　D. 连接型数据库
23. 如果把职工当成实体，则某位职工的姓名"王五"应看成（   ）。
    A. 属性值　　　　B. 记录　　　　　　C. 属性型　　　　　D. 记录型
24. 下列关于数据库系统的叙述，正确的是（   ）。
    A. 表的字段之间和记录之间都存在联系
    B. 表的字段之间和记录之间都不存在联系
    C. 表的字段之间不存在联系，而记录之间存在联系
    D. 表中只有字段之间存在联系
25. 下列关于数据库系统的叙述，正确的是（   ）。
    A. 数据库系统避免了数据冗余
    B. 数据库系统减少了数据冗余
    C. 数据库系统只是比文件管理系统的数据更多
    D. 数据库系统中数据的一致性是指数据类型一致

26. Visual FoxPro 允许多种方式，它们是（　　）。
    A．程序、菜单　　　　　　　　　　B．命令、程序
    C．命令、菜单　　　　　　　　　　D．命令、程序、菜单
27. 项目管理器中的"数据"选项卡不包含的组件是（　　）。
    A．数据库　　　B．程序　　　C．查询　　　D．自由表
28. 项目管理器的"菜单"组件包含在（　）选项卡中。
    A．代码　　　B．其他　　　C．数据　　　D．类
29. 在使用项目管理器时，要在项目管理器中创建文件，可以使用"新建"按钮，此时所建的新文件将（　　）。
    A．不被包含在该项目中　　　　　　B．既可包含也可不包含在该项目中
    C．自动包含在该项目中　　　　　　D．可被任何项目包含
30. 打开项目管理器窗口后，用"文件"菜单的"新建"按钮所创建的文件（　　）。
    A．属于任何项目　　　　　　　　　B．属于当前打开的项目
    C．不属于任何数据库　　　　　　　D．不属于任何项目
31. 在项目管理器中，选择一个文件并单击"移去"按钮，弹出相应的对话框，在对话框中单击"删除"按钮后，该文件将（　　）。
    A．被保留在原目录中
    B．不被保留
    C．将从磁盘上删除
    D．可能被保留在原来的目录中，也可能被从磁盘上删除
32. 项目管理器的"数据"选项卡用于显示和管理（　　）。
    A．数据库、视图和查询　　　　　　B．数据库、自由表、查询和视图
    C．数据库、自由表、查询和视图　　D．数据库、表单和查询
33. 项目管理器的"文档"选项卡用于显示和管理（　　）。
    A．表单、报表和标签　　　　　　　B．表单、报表和查询
    C．查询、报表和视图　　　　　　　D．数据库、表单和查询
34. 项目管理器中的"标签"组件包含在（　　）选项卡中。
    A．数据　　　B．文档　　　C．代码　　　D．其他
35. 将项目文件中的数据表移出后，该数据表被（　　）。
    A．逻辑删除　　　B．物理删除　　　C．移出数据库　　　D．移出项目
36. 菜单程序包含在项目管理器的（　　）选项卡中。
    A．其他　　　B．数据　　　C．文档　　　D．代码
37. 在 Visual FoxPro 中若要定制工具栏，则应在（　　）菜单中操作。
    A．显示　　　B．窗口　　　C．文件　　　D．工具
38. 退出 Visual FoxPro 的操作方法是（　　）。
    A．从"文件"菜单中选择"退出"命令
    B．单击"关闭窗口"按钮
    C．在命令窗口中输入 QUIT 命令后，按 Enter 键
    D．以上方法都可以

39. 显示和隐藏命令窗口的操作是（　　　）。
    A. 单击"常用"工具栏上的"命令窗口"按钮
    B. 通过选择"窗口"菜单中的"命令窗口"命令来切换
    C. 直接按组合键 Ctrl+F2 或 Ctrl+F4
    D. 以上方法都可以
40. 在"选项"对话框的"文件位置"选项卡可以设置（　　　）。
    A. 默认目录　　　　　　　　　　B. 表单的默认大小
    C. 日期和时间的显示格式　　　　D. 程序代码的颜色
41. 在"项目管理器"中，如果某个文件前面出现加号标志，表示（　　　）。
    A. 该文件中只有一个数据项　　　B. 该文件中有一个或多个数据项
    C. 该文件中有多个数据项　　　　D. 该文件不可用

1.2　填空题

1. Visual FoxPro 的程序设计方式有＿＿＿＿＿＿＿＿和＿＿＿＿＿＿＿两种。
2. 一个关系对应一张二维表，表中的每一列称为一个＿＿＿＿＿＿，表中的每一行称为一条＿＿＿＿＿＿。
3. 关系数据库的三种运算是＿＿＿＿＿、＿＿＿＿＿和＿＿＿＿＿。
4. 可以长期保存在计算机内的有组织的、可共享的数据集合称为＿＿＿＿＿。
5. 要想改变关系中属性的排列顺序，应使用关系运算中的＿＿＿＿＿运算。
6. 数据库系统的核心是＿＿＿＿＿＿＿＿＿＿。
7. 用二维表的形式来表示实体与实体之间联系的数据模型叫做＿＿＿＿＿。
8. 在关系数据模型中，通常把＿＿＿＿＿称为属性，把＿＿＿＿＿称为关系模式。
9. 常用的数据模型有层次、＿＿＿＿＿和＿＿＿＿＿模型。
10. 关系数据库管理系统所管理的关系是＿＿＿＿＿。
11. 计算机数据管理的发展经历了人工管理、文件系统和＿＿＿＿＿＿三个阶段。
12. 实体与实体之间的联系方式有＿＿＿＿＿、＿＿＿＿＿和＿＿＿＿＿。
13. 关系模型用＿＿＿＿＿表示实体，并用＿＿＿＿＿表示实体间的联系。
14. Visual FoxPro 既支持面向过程的程序设计，也支持＿＿＿＿＿的程序设计。
15. 在连接中，去掉重复属性的等值连接称为＿＿＿＿＿。
16. 在表间建立一对多联系时，要把＿＿＿＿＿的主关键字字段添加到＿＿＿＿＿的表中。
17. 在项目管理器的选项卡中，"数据"选项卡可以显示＿＿＿＿＿、＿＿＿＿＿、＿＿＿＿＿和＿＿＿＿＿。
18. 在项目管理器的选项卡中，"其他"选项卡包括＿＿＿＿＿、＿＿＿＿＿和＿＿＿＿＿。
19. Visual FoxPro 界面默认包含的工具栏是＿＿＿＿＿和＿＿＿＿＿。
20. 用户可以更改系统的环境设置，如主窗口标题及默认目录等，设置时可以执行"工具"菜单的＿＿＿＿＿命令。

21．在 Visual FoxPro 中，图形界面的操作工具分别是_____、_____和_____。

22．在 Visual FoxPro 中，输入表达式时，用户可以直接从键盘输入表达式的全部内容，也可以用 Visual FoxPro 提供的_____对话框，此对话框中包含了构成表达式的各种元素和符号。

23．在 Visual FoxPro 提供的各种设计器中，可以用来定义报表和表单中使用的数据源的是_____。

24．项目管理器的"数据"选项卡显示数据库、_____、_____和_____四种类型的组件。

25．若要用命令格式打开项目管理器，则要在命令窗口输入_____命令。

26．在 Visual FoxPro 的设计器中，数据环境设计器用于定义表单或报表中使用的数据源，这些数据源包括_____、_____和_____。

27．在项目管理器中，执行选定的查询、表单或程序按钮是_____。

28．在 Visual FoxPro 中，项目文件的扩展名是_____。

29．项目管理器的"全部"选项卡包含的内容是_____、_____、_____、_____和_____。

30．安装 Visual FoxPro 后，系统使用默认的环境设置，要定制自己的系统环境，可以使用_____菜单的_____命令。

31．打开"选项"对话框之后，要设置日期和时间的显示格式，应选择"选项"对话框中的_____选项卡。

1.3　简答题

1．实体间联系的类型有哪些？

2．数据库中的数据模型通常有哪几种？它们的区别是什么？

3．VFP 项目管理器的基本组成有哪些？

4．VFP 中的辅助设计工具有哪些？并简述其功能。

5．简述项目管理器的功能。

6．Visual FoxPro 6.0 提供的三种交互式的可视化开发工具是什么？它们有何特点？

第2章

数据与数据运算

2.1 选择题

1. 在编辑日期型字段时，按照"月/日/年"格式输入"07/06/45"，则表示的日期为（   ）。

    A. 07/06/1845   B. 07/06/1945   C. 07/06/2045   D. 07/06/2145

2. 下列字符串的运算结果为.F.的表达式为（   ）。

    A. "fort"$"comfortable"   B. "computer"="comp"

    C. "former"=="former"   D. "computer"=="comp"

3. 顺序执行以下赋值命令：

```
X="20"
Y=2*3
Z=LEFT("FoxPro",3)
```

下列表达式合法的是（   ）。

    A. X+Y   B. Y+Z   C. X–Z+Y   D. &X+Y

4. 假定变量 N、C、L 分别为数值型、字符型和逻辑型内存变量，且各变量已经赋值。下列表达式错误的是（   ）。

    A. 3*N   B. C–"A"   C. N=10.OR.L   D. L=.T.

5. 执行命令 DIMENSION M（4，2）之后，数组 M 的元素个数和初值分别是（   ）。

    A. 8，.F.   B. 4，.T.   C. 8，0   D. 2，空值

6. CTOD("01/20/2002")–CTOD("01/06/2002")的运算结果是（   ）。

    A. 01/14/2002   B. 14   C. 01/20/2002   D. 01/26/2002

7. 已知变量 A 的值为.T.，变量 B 和 C 的值均为.F.，则下列表达式值为.F.的选项为（   ）。

    A. A AND B OR NOT C   B. A OR B AND NOT C

    C. NOT C AND A OR B   D. B AND C OR NOT A

8. 有下列命令序列：

```
Y="99.88"
X=VAL(Y)
```

```
?&Y=X
```

执行以上命令序列之后，最后一条命令的显示结果是（　　）。

 A．99.88　　　　　B．.T.　　　　　C．.F.　　　　　D．出错信息

9．下列关于常量的叙述，不正确的是（　　）。

 A．常量用以表示一个具体的、不变的值

 B．常量是指固定不变的值

 C．不同类型的常量的书写格式不同

 D．各种类型的常量都有它自己的定界符

10．下列字符型常量的表示中，错误的是（　　）。

 A．'计算机世界'　　B．["电脑报"]　　C．[[中国]]　　D．'[12345]'

11．连续执行以下命令，最后一条命令的输出结果是（　　）。

```
X="A"
?IIF("A"=X, X-"BCD", X+"BCD")
```

 A．A　　　　　B．BCD　　　　　C．ABCD　　　　　D．ABCD

12．下列数值型常量正确的是（　　）。

 A．$152.365　　B．"125.34"　　C．−1.6E+12　　D．1.5+15

13．在下列符号中，不能作为日期型常量分隔符的是（　　）。

 A．斜杠（/）　　B．连字号（-）　　C．句点（.）　　D．脱字符（^）

14．下列关于变量的叙述不正确的是（　　）。

 A．变量值可以随时改变

 B．Visual FoxPro 中的变量分为字段变量和内存变量

 C．变量的类型决定变量值的类型

 D．在 Visual FoxPro 中，可以将不同类型的数据赋给同一个变量

15．下列变量名属于 Visual FoxPro 合法变量名的是（　　）。

 A．Visual FoxPro　　　　　　　B．Visual.FoxPro

 C．VisualFoxPro　　　　　　　D．_Visual.FoxPro

16．若内存变量名与当前工作区的数据表中的字段 stuxm 同名，则执行命令? stuxm 后显示的是（　　）。

 A．内存变量的值　　　　　　　B．字段的值

 C．随机显示　　　　　　　　　D．错误信息

17．在命令窗口输入下列命令：

```
STORE [5*8] TO X
?X
```

显示结果为（　　）。

 A．5　　　　　B．8　　　　　C．40　　　　　D．5*8

18．下列赋值语句正确的是（　　）。

 A．STORE 1 TO X, Y, Z　　　　　B．STORE 1, 2, 3 TO X

 C．STORE 1 TO X Y Z　　　　　D．STORE 1、2、3 TO X

19. 在命令窗口定义了一个空的一维数组 P（10），在命令窗口输入？P（1）的结果为（   ）。

    A. .T.　　　　　　B. .F.　　　　　　C. 1　　　　　　D. 0

20. 定义一个数组 *X*（3，5），数组中包含的元素个数为（   ）。

    A. 3　　　　　　B. 5　　　　　　C. 8　　　　　　D. 15

21. 下列表达式肯定不是 Visual FoxPro 的合法表达式的是（   ）。

    A. [9999]－AB　　　　　　　　　B. NAME+"NAME"

    C. 05/01/03　　　　　　　　　　D. "经理".OR. "副经理"

22. 顺序执行以下赋值命令后，下列表达式错误的是（   ）。

    ```
    X="123"
    Y=4*5
    Z="ABC"
    ```

    A. &X+Y　　　　B. &Y+Z　　　　C. VAL(X)+Y　　　D. STR(Y)+Z

23. 执行下列命令后的显示结果是（   ）。

    ```
    X1="58.22"
    ?41.78+&X1
    ```

    A. 41.78+&X1　　B. 100.00　　　　C. 41.7858.22　　　D. 错误信息

24. 在命令窗口中输入以下命令：

    ```
    SET DATE TO YMD
    SET MARK TO ","
    ?{^2003/04/06}
    ```

    在主屏幕中显示的结果为（   ）。

    A. 03，04，06　　　　　　　　　B. 03.04.06

    C. 04/06/03　　　　　　　　　　D. 04，06，03

25. 若 M="4"，N="6"，K=10，则下列表达式结果为真的是（   ）。

    A. M+N=K　　　　　　　　　　B. VAL(M+N)=K

    C. VAL(M)+VAL(N)=K　　　　　　D. M+N=STR(K)

26. 在以下各表达式中，运算结果为日期型数据的是（   ）。

    A. DATE()－02/03/98　　　　　　B. {02/04/98}+20

    C. {^2003/02/03 12:40:59}－20　　D. DTOC({02/03/98})

27. 命令短语 SET STRICTDATE TO 1 的作用是（   ）。

    A. 表示不进行严格的日期格式检查

    B. 表示进行严格的日期格式检查，为系统默认的

    C. 表示进行严格的日期格式检查，并对 CTOD() 和 CTOT() 函数的格式也有效

    D. 表示系统显示日期的格式为：YYYY/MM/DD

28. 假设字符串 A="12"，B="34"，则下列表达式的运算结果为逻辑假的是（   ）。

    A. .NOT.(A=B).OR.B$"1234"　　　　B. .NOT.A$"ABC".AND.A<>B

    C. .NOT.(A<>B).AND.A$"ABC"　　　D. .NOT.(B$"ABC".AND.A>=B)

29. 下列各项与表达式.NOT.(m>=0.AND.m<=60)等价的是（　　）。

    A. m>0.OR.m<60　　　　　　　　　B. m<0.AND.m>60

    C. m<0.OR.m>60　　　　　　　　　D. m>0.AND.m<60

30. 计算表达式 2−10>15.OR. "a"+"b"$"123abc"时，运算顺序为（　　）。

    A. −、>、.OR.、+、$　　　　　　　B. −、+、>、$、.OR.

    C. −、.OR.、$、+、>　　　　　　　D. +、$、−、>、.OR.

31. 若先执行 STORE 10 TO X，则函数 ABS（5−X）、SING（5−X）的值分别为（　　）。

    A. 5 1　　　　B. −5 1　　　　C. 5 −1　　　　D. −5 −1

32. 函数 MAX（ROUND（3.1415，2），PI()）的结果是（　　）。

    A. 3.14　　　　B. −3.14　　　　C. 3　　　　D. 0

33. 假设 X="VISUAL"，则表达式 LEFT(X, 1)+LOWER(SUBSTR(X, 2))的结果是（　　）。

    A. Visual　　　　B. Vis　　　　C. vIS　　　　D. vISUAL

34. 表达式 VAL(SUBSTR("计算机等级考试"，7))*LEN("VISUAL")的值为（　　）。

    A. 24　　　　B. 36　　　　C. 42　　　　D. 0

35. 下列函数结果相同的是（　　）。

    A. YEAR(DATE())和 SUBSTR(DTOC(DATE())，7，2)

    B. 假设 A="VFP"，B="等级考试"，则 A+B 和 B+A

    C. VARTYPE("12+8=20")和 VARTYPE(12+8=20)

    D. RIGHT("计算机辅导丛书"，8)与 SUBSTR("计算机辅导丛书"，7)

36. 函数 LEN(SPACE(15)−SPACE(10))的结果是（　　）。

    A. 5　　　　B. 25　　　　C. 15　　　　D. 数据类型不匹配

37. 假设字符变量 X1="2003 年上半年全国计算机等级考试"，下列语句能够显示"2003 年上半年计算机等级考试"的是（　　）。

    A. ?X1−"全国"

    B. ?SUBSTR(X1,1,8)+SUBSTR(X1,11,17)

    C. ?SUBSTR(X1,1,12)+RIGHT(X1,14)

    D. ?LEFT(X1,8)+RIGHT(X1,14)

38. 函数 OCCURS("abc", "abcacdadcabc")的结果为（　　）。

    A. 0　　　　B. 1　　　　C. 2　　　　D. 4

39. 在下列表达式中，运算结果为逻辑真的是（　　）。

    A. AT("12","1234")　　　　　　　B. EMPTY(SPACE(12))

    C. MIN(2,3)　　　　　　　　　　D. LEN("45")>40

40. 执行以下语句序列的运行结果是（　　）。

```
SET DATE TO YMD
STORE CTOD("04/01/02") TO RQ
STORE YEAR(RQ) TO YR
?YR
```

    A. 04　　　　B. 2001　　　　C. 2004　　　　D. 2002

41. 在命令窗口执行下列语句：

```
STORE -123.456 TO X
? STR(X,3),STR(X)
```

在主窗口中输出的结果为（　　）。

  A. -123　　-123　　B. -123.456　　-123　　C. ***　　-123.456　　D. ***　　-123

42. Visual FoxPro 函数 VAL("12AB34")的返回值是（　　）。

  A. 12AB34　　　　B. 12　　　　　　C. 1234.00　　　　D. 0

43. 假设 A=123，B=27，C="A+B"，则函数 VARTYPE（1+&C）的值为（　　）。

  A. 151　　　　　　B. N　　　　　　C. C　　　　　　D. U

44. 若当前打开的数据表文件是一个空表，则利用函数 RECNO()和 BOF()测试的结果分别为（　　）。

  A. 1 .T.　　　　　B. 1 .F.　　　　　C. 0 .T.　　　　　D. 0 .F.

45. 假设 CJ=75，则函数 IIF(CJ>=60，IIF(CJ>=85，"优秀"，"良好")，"不及格")的值为（　　）。

  A. 优秀　　　　　B. 良好　　　　　C. 不及格　　　　D. 函数套用错误

46. 在 Visual FoxPro 中，表达式：2*3^2+2*8/4+3^2 的值为（　　）。

  A. 64　　　　　　B. 31　　　　　　C. 49　　　　　　D. 22

47. 在下列 4 个式子中，（　　）不是 Visual FoxPro 中的表达式。

  A. 05/23/88　　　　　　　　　　　B. "2002"

  C. X+Y　　　　　　　　　　　　D. XYZ='5'.AND.ABC=5

48. 执行下列命令后显示的结果是（　　）。

```
STR="VFoxPr 数据库"
?SUBSTR(STR,LEN(STR)/2+1,6)
```

  A. VFoxPr　　　　B. 数据库　　　　C. 数据　　　　D. Pr 数据

49. 函数 STUFF（"数据库"，5，6，"管理系统"）的结果是（　　）。

  A. 数据库管理系统　　　　　　　B. 数据管理系统

  C. 管理系统　　　　　　　　　　D. 库系统

50. 在下列空值的测试中，函数返回值为逻辑假的是（　　）。

  A. EMPTY(SPACE(2))　　　　　　B. EMPTY(CHR(13))

  C. EMPTY(0)　　　　　　　　　　D. EMPTY(.NULL.)

2.2　填空题

1. Visual FoxPro 中有两种变量，即_____和_____。

2. 字符型常量的定界符为半角的_____、_____或_____。

3. 严格日期型常量的格式为_____，货币型常量的数值前要加_____符号。

4. 给变量赋值的命令有_____和_____。

5．当字段变量与内存变量同名时，系统默认访问的是_____的值，如果要访问_____的值，则必须在变量名前加_____。

6．定义数组可通过_____或_____命令来实现，并且系统会自动给数组中的每个元素赋予一个初始值_____。

7．用_____命令显示表达式的值时会在当前行的下一行输出。而_____命令显示表达式的值时会在当前位置输出。

8．用于显示内存变量值的命令有_____和_____。

9．用来清除内存变量的命令有_____和_____。

10．表达式是由_____、_____和_____通过特定的运算符连接起来的运算式子,其形式包括_____和用运算符将运算对象连接起来形成的式子。

11．假设 A="Visual"、B="FoxPro"，则表达式 A+B=_____，A−B=_____。

12．两个日期型数据相减，其结果为_____数据。一个日期型数据减去或加上一个数值型数据，其结果为_____数据。

13．表达式"12+8=20"$"20"和"20"$"12+8=20"的值分别为_____和_____。

14．表达式 3^3−6/3%2**3 的值为_____。

15．在关系表达式中，关系运算符_____和_____只能用于字符型数据的比较，且所有关系表达式的结果都为_____数据。

16．逻辑运算符有_____、_____和_____，其中_____运算符的优先级最高。

17．如果一个表达式中包含算术运算、关系运算、逻辑运算和函数，则运算的优先顺序依次是_____、_____、_____和_____。

18．假设 X=−64，如果要通过函数将 X 的值变为−8，则函数的表达式为_____。

19．对应数学表达式 $A \times B^2 + e^y$ 的 Visual FoxPro 表达式为_____。

20．假设字符串 X="北京！欢迎您！"，要将结果显示为"欢迎您！北京！"，则应该使用函数表达式_____。

21．假设 A=10，B=15，C="A+B"，则表达式 C+STR（&C）的结果是_____。

22．表达式 LEN("计算机")=LEN(SUBSTR("COMPUTRE"，1，6))的结果为_____。

23．有如下语句序列：

```
STORE "abc" TO M
STORE "abcd" TO N
?LIKE("ab*",M)
?LIKE("ab?",N)
```

输出结果分别为_____、_____。

24．执行 SET STRICTDATE TO 0 语句后，函数 DTOC({04/03/02}，1)的返回值为_____。

25．假设有数据表"学生表"，表中共有 10 条记录，在命令窗口执行如下命令序列，请填写每个问号行的输出结果。

```
USE 学生表
GO TOP
?BOF()            _____
?RECNO()          _____
SKIP -1
?BOF()            _____
ZAP
?BOF()            _____
GO 3
?RECCOUNT         _____
USE
?BOF()            _____
```

26. 假设 A=90，则 IIF(A>50，IIF(A>100，A+50，A−50)，A+100)的值为_____。

2.3 简答题

1. VFP 提供了哪几种数据类型？

2. 字段变量和内存变量有什么不同？

3. 什么是数组？如何定义数组以及为数组元素赋值？

4. 如何表示字符型、日期型和逻辑型常量？举例说明。

5. 什么是表达式？VFP 中有哪几种类型的表达式？

第3章

数据库及表的基本操作

3.1 选择题

1. 在当前盘建立自由表 STUDENT.dbf 用（　　）命令来实现。
   - A. CREAT STUDENT
   - B. MODI STUDENT
   - C. EDIT STUDENT
   - D. CREAT STRU STUDENT

2. 设某一个数据表文件中各字段的数据类型和宽度为：姓名（C,8）、出生（D）、团员（L）、平均分（N,6,2），则为每个记录保留的存储空间是（　　）字节。
   - A. 23
   - B. 24
   - C. 25
   - D. 26

3. 在 Visual FoxPro 中，打开表文件的命令是（　　）。
   - A. OPEN
   - B. USE
   - C. START
   - D. A、B 都可以

4. 打开一个数据库的命令是（　　）。
   - A. USE
   - B. USE DATABASE
   - C. OPEN
   - D. OPEN DATABASE

5. 在 Visual FoxPro 中，打开一指定的表文件时，能够自动打开一个相关的（　　）。
   - A. 备注文件
   - B. 内存变量文件
   - C. 文本文件
   - D. 屏幕格式文件

6. 在 Visual FoxPro 中执行下列命令后，打开的数据表文件是（　　）。

```
NAME="WANGE"
USE   &NAME
```

   - A. WANGE.DBF
   - B. NAME.DBF
   - C. &NAME.DBF
   - D. "WANGE".DBF

7. 在 Visual FoxPro 中，用户打开一个表后，若要显示其中的记录内容，则可使用的命令是（　　）。
   - A. LIST
   - B. SHOW
   - C. VIEW
   - D. OPEN

8. 下列操作不能用 MODIFY STRUCTURE 命令实现的是（　　）。
   - A. 为数据库增加字段
   - B. 删除数据表的某些字段
   - C. 对数据表的字段名进行修改
   - D. 对记录数据进行修改

9. 在 Visual FoxPro 中，LIST[字段名列表]FOR<条件>命令中的 FOR<条件>短语功能是（　　）运算。

　　A．投影　　　　　　B．联接　　　　　C．关联　　　　　D．选择

10．在"职工档案"表文件中，婚否是 L 型字段（其中已婚用.T.表示），显示所有已婚的教工的姓名、职称的命令是（　　）。

　　A．LIST 姓名，职称 FOR 婚否

　　B．LIST 姓名，职称 FOR "T"$婚否

　　C．LIST ALL FOR 已婚 FIELDS 姓名，职称

　　D．LIST ALL FOR 婚否="T" FIELDS 姓名，职称

11．设学生成绩表文件 STU.DBF 中有字段：班级（C 型），姓名（C 型），年龄（N 型）和成绩（N 型），要列出 971011 班，年龄在 20～25 岁之间的学生记录，用命令（　　）。

　　A．LIST FOR 班级="971011".AND.20<=年龄<=25

　　B．LIST FOR 班级="971011".OR. 年龄>=20 .OR.年龄<=25

　　C．LIST FOR 班级="971011".AND. 年龄>=20 .OR.年龄<=25

　　D．LIST FOR 班级="971011".AND. 年龄>=20 .AND.年龄<=25

12．显示物理、化学、语文中至少有一门不及格的学生的命令是（　　）。

　　A．LIST FOR 物理<60 .AND.化学<60.AND.语文<60

　　B．LIST FOR 物理<60.AND.化学<60 .OR.语文<60

　　C．LIST FOR 物理<60.OR.化学<60.OR.语文<60

　　D．LIST FOR 物理<60，化学<60，语文<60

13．已打开一个职工数据表文件，其中各字段的数据类型为：姓名（C，8）、性别（L）、工作年月（D）、工资（N，6，2）。用（　　）命令可显示 96 年（包括 96 年）后参加工作的男职工的记录（设.T.表示性别为男，.F.表示性别为女）。

　　A．LIST FOR 工作年月>=CTOD（"01/01/96"）.AND.性别="男"

　　B．LIST FOR 工作年月>="01/01/96".AND.性别="男"

　　C．LIST FOR 工作年月>=CTOD（"01/01/96"）.AND.性别

　　D．LIST FOR 工作年月>=CTOD（"01/01/96"）.OR.性别

14．设在职工数据表文件中，出生日期是日期型字段，显示所有生日为 5 月 18 日的职工的命令是（　　）。

　　A．LIST ALL FOR 出生日期="05/18"

　　B．LIST ALL FOR DTOC（出生日期）="05/18"

　　C．LIST FOR DTOC（出生日期）="05/18" all

　　D．LIST FOR MONTH（出生日期）=5.AND.DAY（出生日期）=18

15．显示职工数据表文件所有工资在 1500 元以下和 1800 元以下的职工记录的命令是（　　）。

　　A．LIST FOR 工资<1500 AND 工资>1800

　　B．LIST FOR 工资<1500.AND.工资>1800

　　C．LIST FOR 工资<1500.OR.工资>1800

　　D．LIST FOR 工资<1500，工资>1800

16．当前记录为 10 号记录，要想将记录指针下移 5 个记录，应当用（　　）命令。

  A．GO 5   B．SKIP 5   C．SKIP 15   D．SELE 5

17．顺序执行下列命令后，屏幕所显示的记录号顺序是（　　）。

```
USE JY
GO 5
LIST NEXT 4
```

  A．1～4   B．4～7   C．5～8   D．6～9

18．为了在当前数据库中某条记录后面增加一条空记录，应该使用命令（　　）。

  A．APPEND BLANK   B．APPEND

  C．INSERT BLANK   D．INSERT

19．在打开的数据表文件中有工资字段（数值型），如果把所有记录的工资增加 10%，那么应使用的命令是（　　）。

  A．SUM ALL 工资*1.1 TO 工资

  B．工资=工资*1.1

  C．REPLACE ALL 工资 WITH 工资*1.1

  D．STORE 工资*1.1 TO 工资

20．如果想恢复用 DELETE 命令删除的若干记录，应使用的命令是（　　）。

  A．RECALL   B．按 Esc 键   C．RELEASE   D．FOUND

21．要从某个表文件中真正删除一条记录，应使用命令（　　）。

  A．直接使用 ZAP 命令

  B．先用 DELETE 命令，再用 ZAP 命令

  C．直接使用 DELETE 命令

  D．先使用 DELETE 命令，再使用 PACK 命令

22．学生成绩数据表包括学号、姓名、数学、语文、计算机、总成绩六个字段，其中数学、语文、计算机和总成绩字段均为 N 型。要将每个学生的数学、语文、计算机三科成绩汇总后存入“总成绩”字段中，应该使用命令（　　）。

  A．REPLACE 总成绩 WITH 数学+语文+计算机

  B．SUM 数学+语文+计算机 TO 总成绩

  C．TOTAL ON 总成绩 FIELDS 数学，语文，计算机

  D．REPLACE ALL 总成绩 WITH 数学+语文+计算机

23．复制当前打开的数据表 LS.dbf 为 SL.dbf 使用的命令是（　　）。

  A．COPY LS.DBF SL.DBF   B．COPY LS.DBF TO SL.DBF

  C．COPY TO SL.DBF   D．COPY FILE LS.DBF SL.DBF

24．打开一个建立了结构复合索引的数据库表，表记录的顺序将按照（　　）。

  A．原顺序   B．最后一个索引标识

  C．主索引   D．第一个索引标识

25．下列函数的结果是数值型的是（　　）。

  A．EOF()   B．FOUND()   C．BOF()   D．RECNO()

26．对职称是副教授的职工，按工资从多到少进行排序，工资相同者，按年龄从大到

小排序，排序后生成的表文件名是 FGB.DBF，应该使用的命令是（　　）。

    A．SORT TO FGZ ON 工资/A，出生日期/D FOR 职称="副教授"

    B．SORT TO FGZ ON 工资/D，出生日期/A FOR 职称="副教授"

    C．SORT TO FGZ ON 工资/A，出生日期/A FOR 职称="副教授"

    D．SORT TO FGZ ON 工资/D，出生日期/D FOR 职称="副教授"

27．数据表中有"工资"字段，现要求按"工资"字段的降序建立索引文件 GZJX.IDX，应该使用的命令是（　　）。

    A．INDEX ON 工资/D TO GZIX　　　　B．SET INDEX ON –工资 TO GZJX

    C．INDEX ON–工资 TO GZJX　　　　　D．REINDEX ON 工资 TO GZJX

28．与数据表同名，但其扩展名为.CDX 的文件是该数据表对应的（　　）。

    A．结构化索引文件　　　　　　　　　B．非结构化复合索引文件

    C．单索引文件　　　　　　　　　　　D．压缩的单索引文件

29．数据表中有"职工号"字段，现要在其结构复合索引文件中建立一个以"职工号"字段为关键字的索引标识 ZGH，应使用的命令是（　　）。

    A．INDEX ON 职工号 TAG ZGH

    B．INDEX ON 职工号 TO ZGH

    C．INDEX ON 职工号 TO ZGH OF ZGH

    D．INDEX ON 职工号 TAG ZGH OF ZGH

30．在打开了多个索引文件之后，若要指定其中一个单索引文件或某个复合索引文件中的一个索引标识为主索引项，则应使用的命令是（　　）。

    A．SET ORDER TO　　　　　　　　　B．SET ORDER OF

    C．SET INDEX TO　　　　　　　　　D．SET INDEX OF

31．若刚打开的表文件中有字符型字段 name，按 name 建立的索引文件也已打开。现要查找 name 字段值为"王明"的记录，则正确的命令应该是（　　）。

    A．SEEK '王明'　　　　　　　　　　B．SEEK NAME='王明'

    C．SEEK TRIM（NAME）='王明'　　　D．SEEK NAME='王明'

32．统计职称为教授和副教授的总人数，应使用的命令是（　　）。

    A．COUNT FOR "教授" .AND. "副教授"

    B．COUNT FOR "教授"$职称

    C．COUNT FOR 职称="教授".AND.职称="副教授"

    D．COUNT FOR 职称="教授" .OR. "副教授"

33．TOTAL 命令的功能是（　　）。

    A．对数值型字段按关键字分类求和

    B．分别计算所有数值型字段的和

    C．计算每个记录中数值型字段的和

    D．求满足条件的记录个数

34．计算各类职称的工资总和，并把结果存入 GZZH 数据表中的命令是（　　）。

    A．SUM 职称 TO GZZH

    B．SUM 工资 TO GZZH

    C. TOTAL ON 职称 TO GZZH FIELLDS 工资

    D. TOTAL ON 工资 TO GZZH FIELLDS 职称

35. 如果在 2 号工作区打开了"学生表"文件后，又进入了别的工作区，那么当从别的工作区返回到 2 号工作区时，可以使用的命令是（ ）。

    A. SELECT 2　　　　　　　　　　B. SELECT B

    C. SELECT 学生表　　　　　　　　D. 以上都可以

36. 在 Visual FoxPro 中，下列概念正确的是（ ）。

    A. 一个工作区中可以同时打开多个表文件

    B. 一个表文件可以在不同的工作区中同时打开

    C. 在同一个工作区中，某一时刻只能有一个表文件处于打开状态

    D. JOIN 命令生成的表文件可以与联接表文件在一个工作区同时打开

37. 命令 SELECT 0 的功能是（ ）。

    A. 选择区号最小的空闲工作区　　B. 选择区号最大的空闲工作区

    C. 选择区号 0 号工作区　　　　　　D. 随即选择一个工作区

38. Visual FoxPro 中的 SET RELATION TO 命令是一种建立表之间（ ）的命令。

    A. 物理联接　　B. 物理联系　　C. 临时关系　　D. 永久关系

39. 打开一个数据库的命令是（ ）。

    A. USE 数据库名　　　　　　　　B. USE DATABASE 数据库名

    C. OPEN 数据库名　　　　　　　　D. OPEN DATABASE 数据库名

40. Visual FoxPro 数据库文件扩展名是（ ）。

    A. DBC　　　　　B. DBF　　　　　C. PRG　　　　　D. PJX

41. 下列命令不能关闭数据库的是（ ）。

    A. CLOSE DATABASE　　　　　　B. CLOSE ALL

    C. CLOSE　　　　　　　　　　　　D. CLOSE DATABASE ALL

42. 关于向一个数据库添加自由表，下列说法错误的是（ ）。

    A. 可以将一个自由表添加到数据库

    B. 可以将一个数据库表直接添加到另一个数据库中

    C. 可以在项目管理器中将自由表拖放到数据库中，使它成为数据库表

    D. 将一个数据库表从一个数据库移出到另一个数据库，则必须先使其成为自由表

43. 在 Visual FoxPro 中，数据库表与自由表相比，具有的优点是（ ）。

    A. 可以命名长表名和表中的长字段名

    B. 可以设置字段的默认值和输入掩码

    C. 可以设置字段级规则和记录级规则

    D. 以上都对

44. 数据库表之间的永久关系保存在（ ）。

    A. 数据库表中　　　　　　　　　　B. 数据库中

    C. 表设计器中　　　　　　　　　　D. 数据环境设计器中

45. 将项目文件中的数据表移出后，该数据表被（ ）。

    A. 移出项目　　　　　　　　　　　B. 逻辑删除

C. 移出数据库　　　　　　　　　D. 物理删除

46. 在下列各种类型的索引中，一个数据库表中只能建立一个的是（　　）。

　　A. 主索引　　　　B. 普通索引　　　　C. 唯一索引　　　　D. 候选索引

47. 不允许表中作为索引关键字的字段出现重复值的索引是（　　）。

　　A. 主索引　　　　　　　　　　　　B. 主索引与候选索引

　　C. 主索引与唯一索引　　　　　　　D. 主索引、候选索引与唯一索引

48. 下列叙述错误的是（　　）。

　　A. 一个数据库表只能设置一个主索引

　　B. 唯一索引不允许索引表达式有重复值

　　C. 候选索引既可以用于数据库表也可以用于自由表

　　D. 候选索引不允许索引表达式有重复值

49. 表之间的"临时性关系"，是在两个打开的表之间建立的关系，如果两个表有一个关闭后，则该"临时性关系"（　　）。

　　A. 转化为永久关系　　　　　　　　B. 永久保留

　　C. 临时保留　　　　　　　　　　　D. 消失

50. 参照完整性的作用是控制（　　）。

　　A. 字段数据的输入　　　　　　　　B. 记录中相关字段之间的数据有效性

　　C. 表中数据的完整性　　　　　　　D. 相关表之间的数据一致性

51. Visual FoxPro 中的参照完整性规则不包括（　　）。

　　A. 更新规则　　　　B. 删除规则　　　　C. 查询规则　　　　D. 插入规则

52. 数据库表的字段可以定义为默认值，默认值是（　　）。

　　A. 逻辑表达式　　　　　　　　　　B. 字符表达式

　　C. 数值表达式　　　　　　　　　　D. 前 3 种都可能

53. 下列关于索引文件的叙述正确的是（　　）。

　　A. 索引文件必须配合原数据表使用

　　B. 一个数据表文件只能建立一个对应的索引文件

　　C. 复合索引文件的扩展名为.IDX

　　D. 单索引文件的扩展名为.CDX

54. 关系表中的每一行称为一个（　　）。

　　A. 元组　　　　　B. 字段　　　　　C. 属性　　　　D. 码

55. VFP 数据库文件的扩展名为（　　）。

　　A. DBF　　　　　B. DBC　　　　　C. DCX　　　　D. DCT

56. 在 Visual FoxPro 中，一个表只能建立一个（　　）。

　　A. 主索引　　　　B. 候选索引　　　　C. 唯一索引　　　　D. 普通索引

57. 下列命令可以用来对索引快速定位的是（　　）。

　　A. LOCATE FOR<条件>　　　　　　B. SEEK

　　C. FOUND( )　　　　　　　　　　D. GOTO

58. 将学生表按籍贯字段升序排列，如果籍贯（C，10）相等，则按学号（N，4）升序排列，下列语句正确的是（　　）。

   A.　INDEX ON 籍贯，学号　TO JGXH

   B.　INDEX ON 籍贯+学号 TO JGXH

   C.　INDEX ON 籍贯，STR（学号，4）TO JGXH

   D.　INDEX ON 籍贯+STR（学号，4）TO JGXH

3.2　填空题

1. 字段名必须是这样一个字符串：以_____开头，由字母、汉字、数字、下划线等组成，其长度不超过_____个字符。

2. USE 命令可用来打开表，还可以用来_____表。

3. 已打开的表总有一个记录指针，指针指向的记录称为_____，表刚打开时，记录指针指向第一个记录。

4. 字段"定价"为数值型，如果整数部分最多为 3 位，小数部分最多为两位，那么该字段的宽度至少应为_____。

5. 在 Visual FoxPro 的表中，当某记录的备注型或通用型字段非空时，其字段标志首字母将以_____显示。

6. 在 Visual FoxPro 的命令中，"范围"选项可以使用的 4 种参数形式是_____、_____、_____和_____。

7. 在 Visual FoxPro 中，建立索引的作用之一是提高_____速度。

8. 在 Visual FoxPro 中，选择一个没有使用的、编号最小的工作区的命令是_____。

9. 在 Visual FoxPro 中，数据库文件的扩展名是_____，数据表文件的扩展名是_____。

10. 打开数据库设计器的命令是_____DATABASE。

11. 在 Visual FoxPro 系统中，主要有两种形式的表：_____和_____。

12. 向数据库中添加的表应该是目前不属于_____的表。

13. 永久关系建立后存储在_____中，只要不删除，就一直存在。

14. 数据库表有四种索引类型：即_____、普通索引、唯一索引、_____。

15. 主索引和候选索引的关键字段值都是_____。

16. 在同一个数据库中可以有_____个主索引，有_____个候选索引，有_____个普通索引，有_____个唯一索引。

17. 在表设计器的_____选项卡中，可以设置记录验证规则、有效性出错信息，还可以指定记录插入、更新及删除的规则。

18. 在 Visual FoxPro 中，参照完整性规则包括更新规则、删除规则和_____规则。

19. 在 Visual FoxPro 中，不允许在主关键字段中有重复值或_____。

20. VFP 的主索引和候选索引可以保证数据的_____完整性。

3.3 应用题

1. 以下操作均基于如下数据表 SBK.DBF，其中存有若干仪器设备清单，其结构如下：部门代码（C，1）、设备名称（C，10）、购买价格（N，10，2）、购入日期（D）、是否可用（L）。

该表包含的记录如下：

记录号	部门代码	设备名称	购买价格	购入日期	是否可用
1	3	示波器	13500.00	05/30/90	.T.
2	1	微机 PC	9280.00	02/16/98	.F.
3	4	打印机	3870.00	11/05/98	.F.
4	3	打印机	3870.00	12/15/99	.T.
5	1	投影仪	650.90	09/23/94	.T.
6	5	空调器	2100.00	07/08/95	.T.
7	3	微机 PC	9280.00	05/13/98	.T.
8	2	服务器	32500.00	06/11/99	.T.

根据以下各题的要求写出相应的命令。

（1）打开设备数据库 SBK.DBF 的命令是＿＿＿＿＿＿＿＿＿。

（2）显示数据表结构的命令是＿＿＿＿＿＿＿＿＿。

（3）查询 95 年 12 月 31 日以前购买的所有设备的情况的命令是＿＿＿＿＿＿＿＿＿。

（4）把所有记录按照购入日期从早到晚的顺序，同年购买的按照购买价格的降序排列，存入一个新数据表 SBN.DBF 的命令是＿＿＿＿＿＿＿＿＿。

（5）输入以下命令。

```
LOCATE FOR 设备名称="打印机"
DISP OFF  部门代码,购买价格,是否可用
```

屏幕上显示的数据为＿＿＿＿＿＿＿＿＿。

（6）输入以下命令。

```
INDEX ON  部门代码  TO SBI
GO TOP
DISP  购买日期
```

屏幕上显示的日期为＿＿＿＿＿＿＿＿＿。

（7）输入以下命令。

```
GO BOTTOM
DISP  购入日期
```

屏幕上显示的日期为＿＿＿＿＿＿＿＿＿。

2. 以下操作均基于如下计算机等级考试考生数据表文件 STD.DBF，其中"准考证号"、"姓名"和"性别"为字符型字段，"笔试成绩"和"上级成绩"为数值型字段，"合格否"为逻辑型字段。

计算机等级考试数据表文件 STD.DBF

REXORD#	准考证号	姓名	性别	笔试成绩	上机成绩	合格否
1	101001	刘林芬	女	72	78	.F.
2	101003	林育成	男	90	78	.F.
3	101006	张鸿宾	男	60	42	.F.
4	101014	柳林	男	90	60	.F.
5*	101016	江小涛	女	缺考	缺考	.F.

（1）将 STD.DBF 数据表中笔试成绩和上级成绩均及格的（大于等于 60 分）学生记录的"合格否"字段修改为逻辑真。

REPLACE　　ALL_____FOR_____

（2）已对未参加考试的学生的记录打上删除标记"*"，计算参加考试的人数，并将结果送入内存变量 RS 中。

_____

（3）按笔试成绩的降序建立索引文件 BS.IDX

INDEX ON_____

（4）执行

GO BOTTOM
?姓名

命令后，显示的内容是_____

（5）显示所有姓名中含有"林"字的记录。

LIST FOR_____

（6）显示笔试成绩最高的姓名及笔试成绩的命令序列为：

_____

第 4 章

查询、视图与 SQL 语言

4.1 选择题

1. 查询建立后，查询文件的扩展名是（　　）。

   A．QPR　　　　　B．SCX　　　　　C．VCX　　　　　D．MNX

2. SQL 的核心是（　　）。

   A．数据定义　　　B．数据查询　　　C．数据操纵　　　D．数据控制

3. 表结构包括职称号 C（4）、工资 N（6,2），要求按工资升序排列，工资相同者按职工号升序排列，建立索引文件应使用的命令是（　　）。

   A．INDEX ON 工资/A，职工号/D TO ING

   B．SET INDEX ON 工资+职工号 TO ING

   C．INDEX ON STR(工资, 6, 2)+职工号 TO ING

   D．INDEX ON 工资/A，职工号/A TO ING

4. 设有表示学生选课的三张表，学生 S（学号，姓名，性别，年龄，身份证号），课程 C（课号，课名），选课 SC（学号，课号，成绩），则表 SC 的关键字（键或码）为（　　）。

     A．课号，成绩　　　　　　　　B．学号，成绩

     C．学号，课号　　　　　　　　D．学号，姓名，成绩

5. 在 SELECT 语句中使用 ORDER BY 是为了指定（　　）。

   A．查询的表　　　　　　　　B．查询结果的顺序

   C．查询的条件　　　　　　　D．查询的字段

6. 设有订单表 order（其中包括字段：订单号，客户号，职员号，签订日期，金额），查询 2007 年所签订单的信息，并按金额降序排序，正确的 SQL 命令是（　　）。

   A．SELECT * FROM order WHERE YEAR（签订日期）=2007 ORDER BY 金额 DESC

   B．SELECT * FROM order WHILE YEAR（签订日期）=2007 ORDER BY 金额 ASC

   C．SELECT * FROM order WHERE YEAR（签订日期）=2007 ORDER BY 金额 ASC

   D．SELECT * FROM order WHILE YEAR（签订日期）=2007 ORDER BY 金额 DESC

7. 设有订单表 order（其中包括字段：订单号，客户号，客户号，职员号，签订日期，金额），删除 2002 年 1 月 1 日以前签订的订单记录，正确的 SQL 命令是（　　　）。

　　A．DELETE TABLE order WHERE 签订日期<{^2002-1-1}

　　B．DELETE TABLE order WHILE 签订日期>{^2002-1-1}

　　C．DELETE FROM order WHERE 签订日期<{^2002-1-1}

　　D．DELETE FROM order WHILE 签订日期>{^2002-1-1}

8. 检索"投中三分球"不大于 5 个的运动员中得分最高的运动员的得分，正确的 SQL 语句是（　　　）。

　　A．SELECT MAX（得分）得分 FROM 运动员 WHERE 投中三分球<=5

　　B．SELECT MAX（得分）得分 FROM 运动员 WHEN 投中三分球<=5

　　C．SELECT 得分=MAX（得分）FROM 运动员 WHERE 投中三分球<=5

　　D．SELECT 得分=MAX（得分）FROM 运动员 WHEN 投中三分球<=5

9. 在 SELECT—SQL 语句中，条件短语的关键字是（　　　）。

　　A．FOR　　　　　　　B．FROM　　　　　　C．WHERE　　　　　　D．WITH

10. 找出平均分大于 95 分的学生学号和他们所在的班级（　　　）。

　　A．SELECT 学号，班级 FROM 成绩 WHERE 平均分>95

　　B．SELECT 学号，班级 FROM 班级 WHERE（平均分>95）AND（成绩.学号=班级.学号）

　　C．SELECT 学号，班级 FROM 成绩，班级 WHERE（平均分>95）OR（成绩.学号=班级.学号）

　　D．SELECT 学号，班级 FROM 成绩，班级 WHERE（平均分>95）AND（成绩.学号=班级.学号）

11. 给出在车间"W1"或"W2"工作，并且工资大于 3000 的职工姓名，正确的命令是（　　　）。

　　A．SELECT 姓名 FROM 车间 WHERE 工资>3000 AND 车间="W1" OR 车间="W2"

　　B．SELECT 姓名 FROM 车间 WHERE 工资>3000 AND（车间="W1" OR 车间="W2"）

　　C．SELECT 姓名 FROM 车间 WHERE 工资>3000 OR 车间="W1" OR 车间="W2"

　　D．SELECT 姓名 FROM 车间 WHERE 工资>3000 AND（车间="W1" OR 车间="W2"）

12. 下列关于查询的说法不正确的是（　　　）。

　　A．查询是预先定义好的一个 SQL SELECT 语句

　　B．查询是 Visual FoxPro 支持的一种数据库对象

　　C．通过查询设计器可完成任何查询

　　D．查询是从指定的表或视图中提取满足条件的记录，可将结果定向输出

13. 检索职工表中工资大于 800 元的职工号，正确的命令是（　　　）。

　　A．SELECT 职工号 WHERE 工资>800

　　B．SELECT 职工号 FROM 职工 SET 工资>800

　　C．SELECT 职工号 FROM 职工 WHERE 工资>800

　　D．SELECT 职工号 FROM 职工 FOR 工资>800

14. .NULL.是指（　　　）。

　　A．0　　　　　　　　　　　　　　　　　B．空格

  C. 未知的值或无任何值   D. 空字符串

15. 查询学生表中学号（字符型，长度为 2）尾数字符是"1"的错误命令是（   ）。

  A. SELECT * FROM 学生表 WHERE "1"$学号

  B. SELECT * FROM 学生表 WHERE RIGHT（学号，1）="1"

  C. SELECT * FROM 学生表 WHERE SUBSTR（学号，2）="1"

  D. SELECT * FROM 学生表 WHERE SUBSTR（学号，2，1）="1"

16. 在查询设计器中，选定"选项"选项卡中的"无重复记录"复选框，等效于执行 SQL SELECT 语句中的（   ）。

  A. WHERE   B. JOIN ON

  C. ORDER BY   D. DISTINCT

17. 检索尚未确定的供应商的订单号，正确的命令是（   ）。

  A. SELECT * FROM 订购单 WHERE 供应商号 NULL

  B. SELECT * FROM 订购单 WHERE 供应商号=NULL

  C. SELECT * FROM 订购单 WHERE 供应商号 IS NULL

  D. SELECT * FROM 订购单 WHERE 供应商号 IS NOT NULL

18. SQL 语言又称为（   ）。

  A. 结构化定义语言   B. 结构化控制语言

  C. 结构化查询语言   D. 结构化操纵语言

19. 查询设计器中包含的选项卡有（   ）。

  A. 字段、联接、筛选、排序依据、分组依据、杂项

  B. 字段、联接、筛选、分组依据、排序依据、更新条件

  C. 字段、联接、筛选条件、排序依据、分组依据、杂项

  D. 字段、联接、筛选依据、分组依据、排序依据、更新条件

20. 在使用视图之前，首先应该（   ）。

  A. 新建一个数据库   B. 新建一个数据库表

  C. 打开相关的数据库   D. 打开相关的数据表

21. 语句 DELETE FROM 成绩表 WHERE 计算机<60 的功能是（   ）。

  A. 物理删除成绩表中计算机成绩在 60 分以下的学生记录

  B. 物理删除成绩表中计算机成绩在 60 分以上的学生记录

  C. 逻辑删除成绩表中计算机成绩在 60 分以下的学生记录

  D. 将计算机成绩低于 60 分的字段值删除，但保留记录中其他字段值

22. 下列选项不属于 SQL 数据定义功能的是（   ）。

  A. SELECT   B. CREATE   C. ALTER   D. DROP

23. SQL SELECT 语句中的 WHERE 子句对应于查询设计器中的（   ）。

  A. "字段"选项卡   B. "筛选"选项卡

  C. "排序依据"选项卡   D. "分组依据"选项卡

24. 下列关于查询和视图的说法，错误的是（   ）。

  A. 视图结果存放在数据库中

  B. 视图设计器中不存在"查询去向"的选项

    C. 查询设计器中没有"数据更新"选项卡

    D. 查询和视图都可以在磁盘中找到相应的文件

25. 下列不属于 SQL 语言特点的是（　　　）。

    A. 是一种一体化语言

    B. 是一种高度过程化的语言

    C. 语言非常简洁

    D. 可以直接以命令方式交互使用，也可以程序方式使用

26. 在 SQL 语句中，与表达式"工资 BETWEEN 1000 AND 1500"功能相同的表达式是（　　　）。

    A. 工资<=1000 AND 工资>=1500

    B. 工资<=1500 AND 工资>=1000

    C. 工资<=1000 OR 工资>=1500

    D. 工资<=1500 OR 工资>=1000

27. 根据数据源的不同，可将视图分为（　　　）。

    A. 本地视图和远程视图　　　　　　B. 本地视图和临时视图

    C. 远程视图和临时视图　　　　　　D. 单表视图和多表视图

28. 以下短语与排序无关的是（　　　）。

    A. GROUP BY　　B. ORDER BY　　　C. ASC　　　　　　D. DESC

29. 有如下 SQL SELECT 语句：

```
SELECT * FORM 工资表 WHERE 基本工资<=2000 AND 基本工资>=1500
```

下列与该语句等价的是（　　　）。

    A. SELECT * FORM 工资表 WHERE 基本工资 BETWEEN 1500 AND 2000

    B. SELECT * FORM 工资表 WHERE 基本工资 BETWEEN 2000 AND 1500

    C. SELECT * FORM 工资表 WHERE 基本工资 FROM 1500 INTO 2000

    D. SELECT * FORM 工资表 WHERE 基本工资 FROM 2000 INTO 1500

30. "学生"表结构为（学号 N（3），姓名 C（3），性别 C（1），年龄 N（2）），学号设为主索引，若用 SQL 命令检索所有比"张洋"年龄大的同学，则下列语句正确的是（　　　）。

    A. SELECT * FROM 学生;

      WHERE 年龄>(SELECT 年龄 FROM 学生;

      WHERE 姓名="张洋")

    B. SELECT * FROM 学生;

      WHERE 姓名="张洋"

    C. SELECT * FROM 学生;

      WHERE 年龄>(SELECT 年龄;

      WHERE 姓名="张洋")

    D. SELECT * FROM 学生;

      WHERE 年龄>"张洋"

31. 查询选修"K1"的学生中成绩最高的学生的学号，下列语句正确的是（　　）。

　　A．SELECT 学号 FROM 选课；

　　　WHERE 课程号="K1" AND 成绩>=；

　　　(SELECT 成绩 FROM 选课；

　　　WHERE 课程号="K1")

　　B．SELECT 学号 FROM 选课；

　　　WHERE 课程号="K1" AND 成绩 IN；

　　　(SELECT 成绩 FROM 选课；

　　　WHERE 课程号="K1")

　　C．SELECT 学号 FROM 选课；

　　　WHERE 课程号="K1" AND 成绩>=ALL；

　　　(SELECT 成绩 FROM 选课；

　　　WHERE 课程号="K1")

　　D．SELECT 学号 FROM 选课；

　　　WHERE 课程号="K1" AND 成绩 IN；

　　　(SELECT 成绩 FROM 选课)

第 32～39 题使用如下三个数据库表：

学生表：S（学号，姓名，性别，出生日期，院系）

课程表：C（课程号，课程名，学时）

选课成绩表：SC（学号，课程号，成绩）

在上述表中，出生日期数据类型为日期型，学时和成绩为数值型，其他均为字符型。

32. SQL 命令查询选修的每门课程的成绩都高于或等于 85 分的学生的学号和姓名，正确的命令是（　　）。

　　A．SELECT 学号，姓名 FROM S WHERE NOT EXISTS；

　　　(SELECT * FROM SC WHERE SC.学号= S.学号 AND 成绩< 85)

　　B．SELECT 学号，姓名 FROM S WHERE NOT EXISTS；

　　　(SELECT * FROM SC WHERE SC.学号= S.学号 AND >= 85)

　　C．SELECT 学号，姓名 FROM S，SC

　　　WHERE S.学号= SC.学号 AND 成绩>= 85

　　D．SELECT 学号，姓名 FROM S，SC

　　　WHERE S.学号= SC.学号 AND ALL 成绩>= 85

33. 用 SQL 语言检索选修课程在 5 门以上（含 5 门）的学生的学号、姓名和平均成绩，并按平均成绩降序排列，正确的命令是（　　）。

　　A．SELECT S.学号，姓名平均成绩 FROM S，SC；

　　　WHERE S.学号 = SC.学号；

　　　GROUP BY S.学号 HAVING COUNT(*)>=5 ORDER BY 平均成绩 DESC

　　B．SELECT 学号，姓名，AVG（成绩）FROM S，SC；

　　　WHERE S.学号 = SC.学号 AND COUNT(*)>=5；

GROUP BY　学号　ORDER BY 3 DESC

    C.　SELECT S.学号，姓名　AVG（成绩）平均成绩 FROM S，SC；

      WHERE S.学号　= SC.学号　AND COUNT(*)>=5；

      GROUP BY S.学号　ORDER BY 平均成绩　DESC

    D.　SELECT S.学号，姓名　AVG（成绩）平均成绩　FROM S，SC；

      WHERE S.学号　= SC.学号；

      GROUP BY S.学号　HAVING COUNT(*)>=5 ORDER BY 3 DESC

34．如果学生表 student 是使用下面的 SQL 语句创建的，

```
CREATE TABLE student (SNO C(4) PRIMARY KEY NOT NULL,;
SN C(8),;
SEX C(2),;
AGE N(2) CHECK(AGE>15 AND AGE<30))
```

则下面的 SQL 语句中可以正确执行的是（　　）。

    A.　INSERT INTO student(SNO, SEX, AGE) VALUES ("S9", "男",17)

    B.　INSERT INTO student (SN, SEX, AGE) VALUES ("李安琦", "男" , 20)

    C.　INSERT INTO student (SEX, AGE) VALUES ("男", 20)

    D.　INSERT INTO student (SNO, SN) VALUES ("S9", "安琦",16)

35．使用 SQL 语句从表 STUDENT 中查询所有姓王的同学的信息，正确的命令是
（　　）。

    A.　SELECT * FROM student WHERE LEFT (姓名, 2) = "王"

    B.　SELECT * FROM student WHERE RIGHT (姓名, 2) = "王"

    C.　SELECT * FROM student WHERE TRIM (姓名, 2) = "王"

    D.　SELECT * FROM student WHERE STR (姓名, 2) = "王"

    41～44 题使用如下三个表：

    学生.DBF：学号 C（8），姓名 C（12），性别 C（2），出生日期 D，院系 C（8）

    课程.DBF：课程编号 C（4），课程名称 C（10），开课院系 C（8）

    学生成绩.DBF：学号 C（8），课程编号 C（4），成绩 I

36．查询每门课程的最高分，要求得到的信息包括课程名称和分数，正确的命令是
（　　）。

    A.　SELECT 课程名称，SUM（成绩）AS 分数 FROM 课程，学生成绩；

      WHERE 课程.课程编号=学生成绩.课程编号；

      GROUP BY 课程名称

    B.　SELECT 课程名称，MAX（成绩）分数 FROM 课程，学生成绩；

      WHERE 课程.课程编号=学生成绩.课程编号；

      GROUP BY 课程名称

    C.　SELECT 课程名称，SUM（成绩）分数 FROM 课程，学生成绩；

      WHERE 课程.课程编号=学生成绩.课程编号；

      GROUP BY 课程.课程编号

　　　　D．SELECT 课程名称，MAX（成绩）AS 分数 FROM 课程，学生成绩；

　　　　　　WHERE　课程.课程编号=学生成绩.课程编号；

　　　　　　GROUP BY　课程编号

　　37．统计只有 2 名以下（含 2 名）学生选修的课程情况，统计结果中的信息包括课程名称、开课院系和选修人数，并按选课人数排序，正确的命令是（　　　）。

　　　　A．SELECT　课程名称，开课院系，COUNT（课程编号）AS 选修人数；

　　　　　　FROM　学生成绩，课程　WHERE　课程.课程编号=学生成绩.课程编号；

　　　　　　GROUP BY　学生成绩.课程编号　HAVING COUNT(*)<=2；

　　　　　　ORDER BY COUNT(课程编号)

　　　　B．SELECT　课程名称，开课院系，COUNT（学号）选修人数；

　　　　　　FROM　学生成绩，课程　WHERE　课程.课程编号=学生成绩.课程编号；

　　　　　　GROUP BY　学生成绩.学号　HAVING COUNT(*)<=2；

　　　　　　ORDER BY COUNT(学号)

　　　　C．SELECT　课程名称，开课院系，COUNT（学号）AS　选修人数；

　　　　　　FROM　学生成绩，课程 WHERE　课程.课程编号=学生成绩.课程编号；

　　　　　　GROUP BY　课程名称 HAVING COUNT(学号)<=2；

　　　　　　ORDER BY　选修人数

　　　　D．SELECT　课程名称，开课院系，COUNT（学号）AS 选修人数；

　　　　　　FROM　学生成绩，课程 HAVING COUNT(课程编号)<=2；

　　　　　　GROUP BY 课程名称 ORDER BY 选修人数

　　38．创建视图查询目前所有年龄是 22 岁的学生信息：学号、姓名和年龄，正确的命令组是（　　　）。

　　　　A．CREATE VIEW AGE_LIST AS；

　　　　　　SELECT　学号,姓名,YEAR(DATE())−YEAR（出生日期）年龄　FROM　学生

　　　　　　SELECT　学号,姓名,年龄　FROM AGE_LIST WHERE　年龄=22

　　　　B．CREATE VIEW AGE_LIST AS；

　　　　　　SELECT　学号,姓名,YEAR（出生日期）FROM 学生

　　　　　　SELECT　学号,姓名,年龄　FROM AGE_LIST WHERE YEAR(出生日期)=22

　　　　C．CREATE VIEW AGE_LIST AS；

　　　　　　SELECT　学号,姓名,YEAR(DATE())−YEAR(出生日期) 年龄　FROM 学生

　　　　　　SELECT　学号,姓名,年龄　FROM　学生　WHERE YEAR(出生日期)=22

　　　　D．CREATE VIEW AGE_LIST AS STUDENT；

　　　　　　SELECT　学号,姓名,YEAR(DATE())−YEAR(出生日期) 年龄　FROM　学生

　　　　　　SELECT　学号,姓名,年龄　FROM STUDENT WHERE　年龄=22

　　39．向学生表中插入一条记录的正确命令是（　　　）。

　　　　A．APPEND INTO 学生　VALUES（"10359999", '张三', '男', '会计', {^1983-10-28}）

　　　　B．INSERT INTO　学生　VALUES（"10359999", '张三', '男', {^1983-10-28},
　　　　　　'会计'）

　　C．APPEND INTO 学生 VALUES（"10359999"，'张三'，'男'，{^1983-10-28}，
　　　　'会计'）

　　D．INSERT INTO 学生 VALUES（"10359999"，'张三'，'男'，{^1983-10-28}）

　　40～46 题使用如下三个表：

职员.DBF：职员号 C（3），姓名 C（6），性别 C（2），组号 N（1），职务 C（10）

客户.DBF：客户号 C（4），客户名 C（36），地址 C（36），所在城市 C（36）

订单.DBF：订单号 C（4），客户号 C（4），职员号 C（3），签订日期 D，
金额 N（6.2）

40． 查询金额最大的 10%订单的信息，正确的 SQL 语句是（　　）。

　　A．SELECT * TOP 10 PERCENT FROM 订单

　　B．SELECT TOP 10% * FROM 订单 ORDER BY 金额

　　C．SELECT * TOP 10 PERCENT FROM 订单 ORDER BY 金额

　　D．SELECT TOP 10 PERCENT * FROM 订单 ORDER BY 金额 DESC

41． 查询订单数在 3 个以上、订单的平均金额在 200 元以上的职员号，正确的 SQL 语句是（　　）。

　　A．SELECT 职员号 FROM 订单 GROUP BY 职员号 HAVING COUNT(*)>3
　　　　AND AVG_金额>200

　　B．SELECT 职员号 FROM 订单 GROUP BY 职员号 HAVING COUNT(*)>3
　　　　AND AVG（金额）>200

　　C．SELECT 职员号 FROM 订单 GROUP BY 职员号 HAVING COUNT(*)>3
　　　　WHERE AVG（金额）>200

　　D．SELECT 职员号 FROM 订单 GROUP BY 职员号 WHERE COUNT(*)>3
　　　　AND AVG_金额>200

42． 显示 2005 年 1 月 1 日后签订的订单，显示订单的订单号、客户名以及签订日期，正确的 SQL 语句是（　　）。

　　A．SELECT 订单号，客户名，签订日期 FROM 订单 JOIN 客户
　　　　ON 订单.客户号=客户.客户号 WHERE 签订日期>{^2005-1-1}

　　B．SELECT 订单号，客户名，签订日期 FROM 订单 JOIN 客户
　　　　WHERE 订单.客户号=客户.客户号 AND 签订日期>{^2005-1-1}

　　C．SELECT 订单号，客户名，签订日期 FROM 订单，客户
　　　　WHERE 订单.客户号=客户.客户号 AND 签订日期<{^2005-1-1}

　　D．SELECT 订单号，客户名,签订日期 FROM 订单，客户
　　　　ON 订单.客户号=客户.客户号 AND 签订日期<{^2005-1-1}

43． 显示没有签订任何订单的职员信息（职员号和姓名），正确的 SQL 语句是（　　）。

　　A．SELECT 职员.职员号，姓名 FROM 职员 JOIN 订单
　　　　ON 订单.职员号=职员.职员号 GROUP BY 职员.职员号 HAVING COUNT(*)=0

　　B．SELECT 职员.职员号，姓名 FROM 职员 LEFT JOIN 订单
　　　　ON 订单.职员号=职员.职员号 GROUP BY 职员.职员号 HAVING COUNT(*)=0

     C. SELECT 职员号，姓名 FROM 职员

        WHERE 职员号 NOT IN (SELECT 职员号 FROM 订单)

     D. SELECT 职员.职员号，姓名 FROM 职员

        WHERE 职员.职员号<>(SELECT 订单.职员号 FROM 订单)

44．有以下 SQL 语句：

```
SELECT 订单号,签订日期,金额 FROM 订单,职员
WHERE 订单.职员号=职员.职员号 AND 姓名="李二"
```

与如上语句功能相同的 SQL 语句是（　　）。

     A. SELECT 订单号，签订日期，金额 FROM 订单

        WHERE EXISTS (SELECT * FROM 职员 WHERE 姓名="李二")

     B. SELECT 订单号，签订日期，金额 FROM 订单 WHERE

        EXISTS (SELECT * FROM 职员 WHERE 职员号=订单.职员号 AND 姓名="李二")

     C. SELECT 订单号，签订日期，金额 FROM 订单

        WHERE IN (SELECT 职员号 FROM 职员 WHERE 姓名="李二")

     D. SELECT 订单号，签订日期，金额 FROM 订单 WHERE

        IN (SELECT 职员号 FROM 职员 WHERE 职员号=订单.职员号 AND 姓名="李二")

45．从订单表中删除客户号为 1001 的订单记录，正确的 SQL 语句是（　　）。

     A. DROP FROM 订单 WHERE 客户号="1001"

     B. DROP FROM 订单 FOR 客户号="1001"

     C. DELETE FROM 订单 WHERE 客户号="1001"

     D. DELETE FROM 订单 FOR 客户号="1001"

46．将订单号为 0060 的订单金额改为 169 元，正确的 SQL 语句是（　　）。

     A. UPDATE 订单 SET 金额=169 WHERE 订单号="0060"

     B. UPDATE 订单 SET 金额 WITH 169 WHERE 订单号="0060"

     C. UPDATE FROM 订单 SET 金额=169 WHERE 订单号="0060"

     D. UPDATE FROM 订单 SET 金额 WITH 169 WHERE 订单号="0060"

47～52 题使用如下 3 个表：

部门.DBF：部门号 C（8），部门名 C（12），负责人 C（6），电话 C（16）

职工.DBF：部门号 C（8），职工号 C（10），姓名 C（8），性别 C（2），出生日期 D

工资.DBF：职工号 C（10），基本工资 N（8.2），津贴 N（8.2），奖金 N（8.2），扣除 N（8.2）

47．查询职工实发工资的正确命令是（　　）。

     A. SELECT 姓名，（基本工资+津贴+奖金-扣除）AS 实发工资 FROM 工资

     B. SELECT 姓名，（基本工资+津贴+奖金-扣除）AS 实发工资 FROM 工资;

        WHERE 职工.职工号=工资.职工号

     C. SELECT 姓名，（基本工资+津贴+奖金-扣除）AS 实发工资;

        FROM 工资，职工 WHERE 职工.职工号=工资.职工号

D．SELECT 姓名，（基本工资+津贴+奖金-扣除）AS 实发工资；

FROM 工资 JOIN 职工 WHERE 职工.职工号=工资.职工号

48．查询 1962 年 10 月 27 日出生的职工信息的正确命令是（　　）。

A．SELECT * FROM 职工 WHERE 出生日期={^1962-10-27}

B．SELECT * FROM 职工 WHERE 出生日期=1962-10-27

C．SELECT * FROM 职工 WHERE 出生日期="1962-10-27"

D．SELECT * FROM 职工 WHERE 出生日期=（"1962-10-27"）

49．查询每个部门年龄最长者的信息，要求得到的信息包括部门名和最长者的出生日期，正确的命令是（　　）。

A．SELECT 部门名，MIN（出生日期）FROM 部门 JOIN 职工；

ON 部门.部门号=职工.部门号 GROUP BY 部门名

B．SELECT 部门名，MAX（出生日期）FROM 部门 JOIN 职工；

ON 部门.部门号=职工.部门号 GROUP BY 部门名

C．SELECT 部门名，MIN（出生日期）FROM 部门 JOIN 职工；

WHERE 部门.部门号=职工.部门号 GROUP BY 部门名

D．SELECT 部门名，MAX（出生日期）FROM 部门 JOIN 职工；

WHERE 部门.部门号=职工.部门号 GROUP BY 部门名

50．查询有 10 名以上（含 10 名）职工的部门信息（部门名和职工人数），并按职工人数降序排列，正确的命令是（　　）。

A．SELECT 部门名，COUNT（职工号）AS 职工人数；

FROM 部门，职工 WHERE 部门.部门号=职工.部门号；

GROUP BY 部门名 HAVING COUNT(*)>=10；

ORDER BY COUNT(职工号)ASC

B．SELECT 部门名，COUNT（职工号）AS 职工人数；

FROM 部门，职工 WHERE 部门.部门号=职工.部门号；

GROUP BY 部门名 HAVING COUNT(*)>=10；

ORDER BY COUNT(职工号)DESC

C．SELECT 部门名，COUNT（职工号）AS 职工人数；

FROM 部门，职工 WHERE 部门.部门号=职工.部门号；

GROUP BY 部门名 HAVING COUNT(*)>=10；

ORDER BY 职工人数 ASC

D．SELECT 部门名，COUNT（职工号）AS 职工人数；

FROM 部门，职工 WHERE 部门.部门号=职工.部门号；

GROUP BY 部门名 HAVING COUNT(*)>=10；

ORDER BY 职工人数 DESC

51．查询所有目前年龄在 35 岁以上（不含 35 岁）的职工信息（姓名、性别和年龄），正确的命令是（　　）。

A．SELECT 姓名，性别，YEAR（DATE()）-YEAR（出生日期）年龄 FROM 职工；

WHERE 年龄>35

    B．SELECT 姓名，性别，YEAR（DATE()）-YEAR（出生日期）年龄 FROM 职工；
        WHERE YEAR(出生日期)>35

    C．SELECT 姓名，性别，YEAR（DATE()）-YEAR（出生日期）年龄 FROM 职工；
        WHERE YEAR(DATE())-YEAR(出生日期)>35

    D．SELECT 姓名，性别，年龄=YEAR（DATE()）-YEAR（出生日期）FROM 职工；
        WHERE YEAR(DATE())-YEAR(出生日期)>35

52．为"工资"表增加一个"实发工资"字段的正确命令是（   ）。

    A．MODIFY TABLE 工资 ADD COLUMN 实发工资 N（9，2）

    B．MODIFY TABLE 工资 ADD FIELD 实发工资 N（9，2）

    C．ALTER TABLE 工资 ADD COLUMN 实发工资 N（9，2）

    D．ALTER TABLE 工资 ADD FIELD 实发工资 N（9，2）

4.2 填空题

1．在 SQL 语句中空值用_____表示。

2．建立视图时，必须先打开对应的_____。

3．在 SQL 的 SELECT 语句中，使用_____子句可以消除结果中的重复记录。

4．在 SQL 的 WHERE 子句的条件表达式中，字符串匹配（模糊查询）的运算符是_____。

5．在 SQL 语句中要查询表 s 在 AGE 字段上取空值的记录，正确的 SQL 语句为：

```
SELECT * FROM s WHERE_____
```

6．当前目录下有"工资表"文件，现要将"职称"为"工程师"的工资增加 30 元，则语句为：

```
UPDATE 工资表_____WHERE 职称="工程师"
```

7．检索当前"职工表"中，全部姓"李"的职工记录，SQL 语句为：

```
SELECT * FROM 职工表 WHERE 姓名_____"李*"
```

4.3 应用题

1．有三张表：学生表、课程表和成绩表。

```
学生(学号 C(4),姓名 C(8),性别 C(2),出生日期 D,院系 C(8))
课程(课程编号(4),课程名 C(10),开课院系 C(8))
成绩(学号 C(4),课程编号 C(4),成绩 I)
```

（1）查询每门课程的平均分，要求得到的信息包括课程名和平均分。

（2）有如下 SQL 语句：

SELECT 课程名,开课院系,COUNT(学号) AS 选修人数 FROM 成绩,课程 WHERE 课程.课程编号=成绩.课程编号 GROUP BY 课程名称 HAVING COUNT(*)<=2

该语句所表示的含义是＿＿＿＿＿＿＿＿＿＿＿＿＿＿＿＿。

2．使用如下的设备表。

设备型号	设备名称	使用日期	设备数量	单价	使用部门	进口
W27-1	微机	01/10/03	1	143 000.00	生产一间	T
W27-2	微机	02/06/03	2	98 000.00	生产一间	F
C31-1	车床	03/30/03	2	138 000.00	生产二间	T
C31-2	车床	04/05/03	2	97 500.00	生产二间	F
M20-1	磨床	02/10/03	3	98 000.00	生产二间	F
J18-1	轿车	05/07/03	2	156 000.00	办公室	T
F15-1	复印机	02/01/03	2	8600.00	办公室	F

（1）从设备表中查询单价大于 100 000 元的设备，并显示设备名称。

（2）为设备表增加一个"设备总金额 N(10,2)"字段。

（3）利用 SQL 数据更新功能，自动计算更新每个"设备总金额"字段的字段值，该字段值等于"单价*设备数量"的值。

（4）有如下 SQL 语句：

SELECT 使用部门,SUM(单价*设备数量)AS 总金额 FROM 设备表 WHERE .NOT.(进口);GROUP BY 使用部门

执行该语句后，第一条记录的"总金额"字段值是＿＿＿＿＿＿＿＿＿＿＿。

3．使用如下的仓库表和职工表。

仓库表

仓库号	所在城市
A2	上海
A3	天津
A4	广州

职工表

职工号	仓库号	工资
M1	A1	2000.00
M3	A3	2500.00
M4	A4	1800.00
M5	A2	1500.00
M6	A4	1200.00

（1）检索在广州仓库工作的职工记录，要求显示职工号和工资字段。

（2）有如下 SQL 语句：

SELECT SUM(工资)FROM 职工表 WHERE 仓库号 IN (SELECT 仓库号 FROM 仓库表;WHERE 所在城市="北京" OR 所在城市="上海")

执行语句后，工资总和是_____。

（3）求至少有两个职工的每个仓库的平均工资。

（4）有如下 SQL 语句：

```
SELECT DISTINCT 仓库号 FROM 职工表 WHERE 工资>=ALL;(SELECT 工资 FROM 职工表
WHERE 仓库号="A1")
```

执行语句后，显示查询到的仓库号有_____。

4．使用如下的班级表和学生表。

班级表

班级号	班级名称	班级人数
20030103	计算机一班	55
20030203	计算机二班	48
20030303	计算机三班	50

学生表

班级号	学号	姓名	性别	籍贯
200301	1001	王伟	男	北京
200301	1002	刘红	女	上海
200301	1003	李林	女	北京
200302	2001	张清	女	上海
200302	2002	刘雷	男	上海

（1）有如下 SQL 语句：

```
SELECT 班级名称,姓名,性别 FROM 班级表,学生表;
WHERE 班级表.班级号=学生表1.班级号;
AND 籍贯="上海" AND 性别="女";
ORDER BY 班级名称 DESC
```

执行该语句后，查询结果中共有_____条记录，且第一条记录的学生姓名是_____。

（2）有如下 SQL 语句：

```
SELECT MAX(班级人数) INTO ARRAY arr FROM 班级表
```

执行该语句后的结果是_____。

（3）有如下 SQL 语句：

```
SELECT 班级名称,姓名,性别 FROM 班级表,学生表;
WHERE 班级表.班级号=学生表.班级号;
AND 姓名 LIKE "刘*";
ORDER BY 班级号
```

该语句的含义是_____。

（4）有如下 SQL 语句：

```
SELECT 班级名称 FROM 班级表 WHERE NOT EXISTS;
(SELECT * FROM 学生表 WHERE 班级号=班级表.班级号)
```

执行该语句后，班级名称的字段值是_____。

5．使用如下的部门表和职工表。

部门表（部门号 N（4）、部门名称 C（10））

职工表（部门号 N（4）、职工号 C（4）、姓名 C（8）、工资 N（7，2））

（1）检索有职工的工资大于或等于 W1 部门中任意一名职工工资的部门号。

（2）检索最少有 3 名职工的每个部门的职工工资总额。

（3）向职工表中插入一条记录（"1111"，"1101"，"王明"，1500.00）。

（4）检索每个部门职工工资的总和，要求显示部门名称和工资。

6．作者表

作者编号	作者姓名	所在城市
1001	王力	北京
1002	刘方	北京
1003	张剑	上海
1004	程红	上海
1005	张进	上海

图书表

图书编号	书名	出版单位	价格	作者编号
0001	计算机应用	青华出版社	26.50	1001
0002	C++	电子工业出版社	32.00	1001
0003	计算机基础知识	电子工业出版社	28.00	1002
0004	网络应用	青华出版社	24.50	1003
0005	数据库应用	青华出版社	26.00	1003
0006	数据库组成原理	青华出版社	23.00	1003
0007	JAVA	电子工业出版社	27.50	1004
0008	网页设计	电子工业出版社	31.00	1004

（1）有如下 SQL 语句：

```
SELECT 出版单位,MIN(价格) FROM 图书 GROUP BY 出版单位
```

查询结果的第一条记录的值是_____。

（2）查询北京作者出版的图书情况，要求包含作者姓名、书名和价格信息，并按图书价格降序排列。

（3）执行如下 SQL 语句：

```
SELECT DISTINCT 价格 FROM 图书;
WHERE 价格=(SELECT MAX(价格) FROM 图书) INTO ARRAY arr
```

则命令 ? arr［2］的结果是（　　　）。

  A. 23.00

  B. 32.00

  C. .F.

  D. 系统报错

（4）求至少出版两本以上图书的作者姓名及数量。

7. 外币表

外币名称	外币代码	现钞买入价	基准价	现钞卖出价
美元	12	821.6555	827.4500	825.9500
英镑	14	1171.4300	1176.5000	1204.0500
欧元	15	877.5325	895.5600	886.2686
法郎	18	585.5500	600.4888	604.6500

持有者表

姓名	外币代码	持有数量
张三	12	1000
张三	14	1300
张三	15	1500
李芳	14	2000
李芳	18	1500
王林	14	1800
王林	15	1200
刘剑	12	2000
刘剑	15	1200
刘剑	18	1500

（1）有如下 SQL 语句：

```
SELECT 姓名,外币名称,持有数量 FROM 兑换,持有者 WHERE 兑换.外币代码=持有者.外币代码
AND 持有数量>=1500 ORDER BY 持有数量 DESC,姓名
```

执行该语句后，最后一条记录的内容是＿＿＿＿＿＿＿＿＿＿＿＿＿＿＿＿＿＿＿。

（2）计算出"刘剑"所持有的全部外币相当于人民币的价值数量，下列语句正确的是（ ）。

（注意：某种外币相当于人民币数量的计算公式：人民币价值数量=该种外币的"现钞买入价"*该种外币"持有数量"）

  A. SELECT SUM（现钞买入价*持有数量）AS 人民币价值 FROM 持有者,兑换 WHERE 兑换.外币代码=持有者.外币代码 AND 姓名="刘剑"

  B. SELECT SUM（现钞买入价*持有数量）AS 人民币价值 FROM 持有者,兑换 WHERE 兑换.外币代码=持有者.外币代码 FOR 姓名="刘剑"

  C. SELECT COUNT（现钞买入价*持有数量）AS 人民币价值 FROM 持有者,兑换 WHERE 兑换.外币代码=持有者.外币代码 AND 姓名="刘剑"

D.　SELECT COUNT（现钞买入价*持有数量）AS 人民币价值 FROM 持有者，兑换 WHERE 兑换.外币代码=持有者.外币代码 FOR 姓名="刘剑"

（3）将兑换表中美元和英镑的基准价上调 0.05%。

（4）删除"持有者"表中所有外币名称为"欧元"的记录。

（5）查询持有外币种类在三种以上人员的姓名，及其持有的种类数量，并按种类数量升序排列，若数量相同，则按姓名降序排列。

第5章

程序设计基础

5.1 选择题

1. 程序的三种基本控制结构是（　　）。
   - A. 过程、子过程和分程序
   - B. 顺序、选择和循环
   - C. 递归、堆栈和队列
   - D. 调用、返回和转移

2. 下列叙述中，正确的是（　　）。
   - A. INPUT 命令只能接受字符串
   - B. ACCEPT 命令只能接受字符串
   - C. ACCEPT 命令可以接收任意类型的 Visual FoxPro 表达式
   - D. WAIT 只能接收一个字符，且必须按 Enter 键

3. 不需要事先建立就可以使用的变量是（　　）。
   - A. 公共变量
   - B. 私有变量
   - C. 局部变量
   - D. 数组变量

4. 在 INPUT、ACCEPT 和 WAIT 三个命令中，必须要以 Enter 键表示输入结束的命令是（　　）。
   - A. INPUT、ACCEPT
   - B. INPUT、WAIT
   - C. ACCEPT、WAIT
   - D. INPUT、ACCEPT 和 WAIT

5. 在指定范围内扫描数据表文件，查找满足条件的记录并执行循环体中其他的语句，最合适的循环语句是（　　）。
   - A. DO WHILE-ENDDO
   - B. DO CASE-ENDCASE
   - C. SCAN-ENDSCAN
   - D. FOR-ENDFOR

6. 有如下程序段：

```
CLEAR
@ 2,20 SAY "请选择菜单"
@ 4,15 PROMPT "1.修改"
@ 5,15 PROMPT "2.查询"
@ 6,15 PROMPT "3.汇总"
@ 7,15 PROMPT "0.退出"
MENU TO sel
```

执行以上程序段后将在屏幕上显示一个菜单，如果用户移动光带选择了"0.退出"项，则内存变量 sel 的值是（　　　）。

  A．数值 4   B．数值 0   C．字符 4   D．字符

7．从键盘上输入一位整数并存入内存变量 X，正确的操作为（　　　）。

  A．WAIT TO X   B．ACCEPT TO X

  C．INPUT TO X   D．@1,20 GET X PICT "9"

8．执行命令 INPUT "请输入数据: " TO XYZ 时，可以通过键盘输入的内容包括（　　　）。

  A．字符串   B．数值和字符串

  C．数值、字符串和逻辑值   D．数值、字符串、逻辑值和表达式

9．ACCEPT 命令可以用于输入（　　　）。

  A．字符型数据   B．字符和数值型数据

  C．字符、数值和逻辑型数据   D．字符、数值、逻辑和日期型数据

10．在 VFP 的命令窗口下，执行程序文件的命令是（　　　）。

  A．LOAD 文件名   B．DO 文件名

  C．USE 文件名   D．CLEAR

11．在每个子程序中，至少有一条（　　　）语句能自动返回上级调用程序。

  A．CLOSE   B．CANCEL   C．RETURN   D．EXIT

12．下列关于建立程序的说法正确的是（　　　）。

  A．在项目管理器中，选择"数据"选项卡中"程序"选项，单击"新建文件"按钮

  B．在"文件"菜单中选择"新建"命令，选择"程序"选项，再单击"向导"按钮

  C．通过 MODIFY COMMAND <文件名>来建立程序文件

  D．以上说法都正确

13．在使用 ACCEPT 命令给内存变量输入数据时，内存变量获得的数据类型是（　　　）。

  A．数值型   B．字符型   C．日期型   D．逻辑型

14．执行下列命令 ACCEPT "请输入日期:"TO CXM 后，若没有输入内容直接按 Enter 键，则结果是（　　　）。

  A．系统把空串赋给内存变量 CXM   B．系统把数值 0 赋给内存变量 CXM

  C．系统把字符 0 赋给内存变量 CXM   D．系统出错

15．要运行一个程序，可以使用的命令是（　　　）。

  A．打开"项目管理器"，选择要运行的文件，单击"运行"按钮

  B．在"程序"菜单中选择"运行"菜单项，然后在文件列表框中选择要运行的程序

  C．在命令窗口中输入 DO <程序名>命令

  D．以上三种说法均可以

16．如果一个过程不包含 RETURN 语句，或者 RETURN 语句中没有指定的表达式，那么该过程（　　　）。

  A．没有返回值   B．返回 0

  C．返回.T.   D．返回.F.

17．在 SAY 语句中，GET 子句的变量必须用（　　　）命令激活。

  A．READ   B．WAIT

  C. INPUT   D. ACCEPT

18. 关于建立良好的程序设计风格，下面描述正确的是（ ）。

  A. 程序应简单、清晰、可读性好 B. 符号名的命名只要符合语法

  C. 充分考虑程序的执行效率   D. 程序的注释可有可无

19. 有以下程序段：

```
Do CASE
Case 计算机<60
  ?"计算机成绩是:"+"不及格"
Case 计算机>=60
    ?"计算机成绩是:"+"及格"
Case 计算机>=70
    ?"计算机成绩是:"+"中"
Case 计算机>=80
    ?"计算机成绩是:"+"良"
Case 计算机>=90
?"计算机成绩是:"+"优"
Endcase
```

设学生数据库当前记录的"计算机"字段的值是 89，执行下面程序段之后，屏幕输出（ ）。

  A. 计算机成绩是：不及格   B. 计算机成绩是：及格

  C. 计算机成绩是：良   D. 计算机成绩是：优

20. 有如下程序：

```
INPUT TO A
IF A=10
    S=0
ENDIF
S=1
?S
```

假定从键盘输入的 A 的值一定是数值型，那么上面条件选择程序的执行结果是（ ）。

  A. 0   B. 1   C. 由 A 的值决定 D. 程序出错

21. 下列关于分支（条件）语句 IF-ENDIF 的说法不正确的是（ ）。

  A. IF 和 ENDIF 语句必须成对出现 B. 分支语句可以嵌套，但不能交叉

  C. IF 和 ENDIF 语句可以无 ELSE 子句 D. IF 和 ENDIF 语句必须有 ELSE 子句

22. 在 Visual FoxPro 中，根据变量的作用域，内存变量可分为（ ）。

  A. 私有变量和局部变量   B. 公共变量和私有变量

  C. 公共变量和局部变量   D. 公共变量、私有变量和局部变量

23. 在 Visual FoxPro 中，用于建立或修改过程文件的命令是（ ）。

  A. MODIFY <文件名>   B. MODIFY COMMAND <文件名>

  C. MODIFY PROCEDURE <文件名> D. 上面 B 和 C 都对

24. 在程序中定义局部变量的命令动词是（ ）。

  A. public   B. private   C. local   D. declare

25. 将内存变量定义为全局变量的 Visual FoxPro 命令是（　　）。

　　A. LOCAL　　　　　B. PRIVATE　　　　　C. PUBLIC　　　　　D. GLOBAL

26. 下列有关参数传递的叙述，正确的是（　　）。

　　A. 接收参数语句 PARAMETERS 可以写在程序中的任意位置

　　B. 通常发送参数语句 DO WITH 和接收参数语句 PARAMETERS 不必搭配成对，可以单独使用

　　C. 发送参数和接收参数排列顺序和数据类型必须一一对应

　　D. 发送参数和接收参数的名字必须相同

27. 下列关闭过程文件的命令是（　　）。

　　A. RELEASE PROCEDURE<过程文件名>　　　　　B. SET PROCEDURE

　　C. CLOSE PROCEDURE　　　　　D. CLEAR PROCEDURE

28. 设班级号字段为字符型，下列程序的运行结果是（　　）。

```
USE 学生表
INDEX ON 班级号 TO BJH
SEEK "1002"
DO WHILE NOT EOF()
DISPLAY
SKIP
ENDDO
```

　　A. 屏幕上显示学生表中所有班级号为 1002 的记录

　　B. 屏幕上显示学生表中从班级号 1002 开始一直到表末尾的所有记录

　　C. 屏幕上显示学生表中的所有记录

　　D. 程序出错

29. 执行如下程序，最后 S 的显示值为（　　）。

```
SET TALK OFF
s=0
i=5
x=11
DO WHILE s<=x
    s=s+i
    i=i+1
ENDDO
?s
SET TALK ON
```

　　A. 5　　　　　B. 11　　　　　C. 18　　　　　D. 26

30. 在 DO WHILE-ENDDO 的循环结构中，下列叙述正确的是（　　）。

　　A. 循环体中的 LOOP 和 EXIT 语句的位置是固定的

　　B. 在程序中应加入控制循环结束的语句

　　C. 执行到 ENDDO 时，首先判断表达式的值，然后再返回 DO WHILE 语句

　　D. 循环体中的 LOOP 语句为跳出循环体

31. 执行如下程序。

```
S=0
I=1
INPUT "N=?" TO N
DO WHILE S<=N
   S=S+I
   I=I+1
ENDDO
?S
SET TALK ON
```

如果输入值为5，则最后S的显示值是（　　）。

    A．1　　　　　　B．3　　　　　　C．5　　　　　　D．6

32. 在永真条件 DO WHILE .T. 的循环中，退出循环可使用（　　）。

    A．LOOP　　　　B．EXIT　　　　C．CLOSE　　　　D．CLEAR

33. SCAN 循环语句是（　　）扫描式循环。

    A．数组　　　　B．表　　　　C．内存变量　　　　D．程序

34. 下列 loop 语句和 exit 语句的叙述正确的是（　　）。

    A．loop 和 exit 语句可以写在循环体的外面

    B．loop 语句的作用是把控制转到 enddo 语句

    C．exit 语名的作用是把控制转到 enddo 语句

    D．loop 和 exit 语句一般写在循环结构里面嵌套的分支结构中

35. 在（　　）情况下结束程序运行。

    A．输入姓名后　　　　　　　　　　B．显示完一条记录后

    C．给变量 yn 赋以'n'或'N'　　　　D．给变量 yn 赋以'y'或'Y'

36. 在 DO WHILE … ENDDO 循环结构中，EXIT 的作用是（　　）。

    A．退出过程，返回程序开始处

    B．转移 DO WHILE 语句行，开始下一个判断和循环

    C．终止程序执行

    D．终止循环，将控制转移到本循环结构 ENDDO 后面的第一条语句继续

37. 下列有关 FOR 循环结构的叙述，正确的是（　　）。

    A．对于 FOR 循环结构，循环的次数是未知的

    B．在 FOR 循环结构中，可以使用 EXIT 语句，但不能使用 LOOP 语句

    C．在 FOR 循环结构中，不能人为地修改循环控制变量，否则会导致循环次数出错

    D．在 FOR 循环结构中，可以使用 LOOP 语句，但不能使用 EXIT 语句

38. 有如下程序。

```
STORE 0 TO N,S
DO WHILE .T.
   N=N+1
   S=S+N
IF N>=10
```

```
    EXIT
  ENDIF
ENDDO
? "S="+STR(S,2)
```

本程序的运行结果是（　　）。

A．s=55　　　　B．s=66　　　　　C．s=78　　　　　D．s=45

39．顺序执行下列命令。

```
X=100
y=8
X=X+Y
?X,X=X+Y
```

最后一条命令的显示结果为（　　）。

A．100　.F.　　　B．100　.T.　　　　C．108　.F.　　　　D．108　.T.

5.2　填空题

1．Visual FoxPro 6.0 是微机_____系统，它既支持标准的面向过程的程序设计方式，也支持_____程序设计方法。

2．VFP 6.0 程序文件的扩展名为_____。

3．表 zgk.dbf 的结构为：编号（c,6），姓名（c,8），出生日期（n,7,2），工资（N,4），下面的程序的作用是按编程者设计的录入格式追加任意个记录到数据库中。请将程序填写完整。

```
* prog.prg
set talk off
_____
p="y"
do while .t.
_____
  @5 ,10 say "编号" get 编号
  @5, 50 say "姓名" get 姓名
  @7, 10 say "出生日期" get 出生日期
  @7, 50 say "工资" get 工资
  _____
  @9, 10 say "继续录入吗(y/n. ?)"
  get p
  read
  if upper(p)<>"Y"
     exit
  endif
enddo
use
set talk on
return
```

4．在 DO CASE-ENDCASE 语句中，可使用_____短语直接跳出该分支语句。

5．有学生档案表 STUDENT.DBF，其字段有学号、姓名、专业、出生日期、入学成绩、简历，表中已有数据。另有一学生成绩表 SCORE.DBF，其字段有学号、平均分、操行成绩，表中已有数据。以下程序实现输入学号后根据平均分和操行成绩判断该学生的奖学金等级，最后输出学号、姓名、奖学金等级。请将程序填写完整。

```
SET TALK OFF
SELE 1
USE STUDENT
SELE 2
USE SCORE
INDEX ON 学号 TO XH
SELE A
_____
ACCEPT "请输入学生学号" TO NO
SEEK NO
ZX=_____
IF .NOT. EOF( )
DO CASE
CASE 平均分>=90 .AND. &ZX="优"
JXJ="甲等"
CASE 平均分>=80 .AND. (&ZX="优".OR.&ZX="良")
JXJ="乙等"
CASE 平均分>=75 .AND. (&ZX="优".OR.&ZX="良")
JXJ="丙等"
OTHERWISE
JXJ="无"
ENDCASE
? "学号", 学号, "姓名", 姓名, "奖学金", JXJ
ENDIF
CLOSE ALL
SET TALK ON
```

6．设成绩表 CJK.DBF 中"数学"（数值型字段）这门课程的学分为 4，其学分计算的方法如下：

数学>＝90，学分值为 4
80<＝数学<90，学分值为 3
70<＝数学<80，学分值为 2
60<＝数学<70，学分值为 1
数学<60，学分值为 0

计算任一学生数学这门课程的学分值的程序如下：

```
SET TALK OFF
USE CJK
ACCEPT? "输入学号:"?? TO XH
```

```
XF=0
LOCATE FOR 学号=XH
DO CASE
CASE_____
??? XF=4
CASE_____
    XF=3
CASE_____
?  XF=2
CASE_____
?  XF=1
OTHERWISE
?  XF=0
ENDCASE
?"学号:",XH
?"数学的学分值:",XF
USE
RETURN
```

7. 程序中所使用的内存变量按其作用域分为_____、_____
和_____。

8. 过程和函数的参数传递方式有_____和_____。

9. 请阅读下列程序，并将程序填写完整。

```
SET TALK OFF
ACCEPT "输入表名:" TO KM
USE &KM
*显示最前面 5 条记录

_____
WAIT
GO BOTTOM
*显示最后 4 条记录

_____
DISP NEXT 4
USE
```

10. 写出下列程序的运行结果。

```
DIMENSION A(6)
FOR K=1 TO 6
    A(K)=20-2*K
ENDFOR
K=5
DO WHILE K>=1
   A(K)=A(K)-A(K+1)
   K=K-1
ENDDO
?A(1),A(3),A(5)
```

运行结果: _____

11. 请阅读下列程序, 并将程序填写完整。

```
STORE "Y" TO YN
USE SP1
INDEX ON 品牌 TO PP
DO WHILE _____
   ACCEPT "请输入查询的品牌:" TO CHX
   SEEK _____
   IF _____
   DISPLAY
   ELSE
      ?"无此品牌商品!"
   ENDIF
   WAIT "继续查找吗?(Y/N)" TO YN
ENDDO
?"再见!!"
RETURN
```

12. 下面程序用于求 1~500 内被 3 整除的数的个数以及最后一个不能被 3 整除的数。请将程序填写完整。

```
SET TALK OFF
N=0
I=1
DO WHILE  I<500
   IF _____
      N=N+1
   ELSE
      _____
   ENDIF
   I=I+1
ENDDO
? N,P
SET TALK ON
```

13. 有 12 个结构完全相同的表 WY01、WY02、……WY11、WY12, 下列程序完成的功能是顺序打开每一个表并浏览。请将程序填写完整。

```
SET TALK OFF
G=1
DO WHILE _____
DO CASE
CASE G<10
GW='WY0'+STR(G,1)
CASE G>=10
GW='WY'+_____
ENDCASE
USE_____
```

```
BROW
_____
USE
ENDDO
RETU
```

5.3 判断题

1. VFP 程序的每行都必须以 ";" 结尾。(   )
2. 一条命令可分几行写,在行结束处用 ":" 表示一行未完,转入下一行。(   )
3. 函数或子程序定义中的 RETURN 可以省缺。(   )
4. 变量若为全局变量,则可用于所有过程和函数。(   )
5. 利用调试器可跟踪代码、挂起程序的执行并查看存储的值。(   )

5.4 读程序写结果

1. 请写出下列程序的运行结果。对下面的程序段,当分别输入-2、5、15 时,程序的运行结果分别为_____、_____和_____。

```
SET TALK OFF
CLEAR
INPUT "X=" TO X
IF X>0
   IF X>15
      Y=3*X+1
   ELSE
      Y=X*X+1
   ENDIF
ELSE
   Y=X*X+3*X-1
ENDIF
?"Y=",Y
SET TALK ON
```

2. 设 C 的值为 1212121,程序的运行结果为_____。

```
SET TALK OFF
CLEAR
ACCEPT "C=" TO C
L=LEN(C)
P=SPACE(0)
DO WHILE L>1
    C1=SUBSTR(C,L-1,2)
    P=P+C1
    L=L-2
```

```
ENDDO
?C+"→"+P
SET TALK ON
```

3．以下程序的运行结果为：M=_____。

```
SET TALK OFF
M=0
N=100
DO WHILE N>M
 M=M+N
 N=N-10
ENDDO
? "M=", M
RETURN
```

4．设 N、P 的输入值分别为 6、3（注：字符"A"的 ASCII 为 65。），程序的运行结果为_____。

```
SET TALK OFF
CLEAR
INPUT "N=" TO N
INPUT "P=" TO P
FOR I=1 TO N
    ?SPACE(N-I+1)
    IF I<=P
      FOR J=1 TO 2*I-1
            ??CHR(ASC("A")+J-1)
      ENDFOR
    ELSE
      FOR J=1 TO (2*I-1)-(I-P)
            ??CHR(ASC("A")+J-1)
      ENDFOR
      ENDIF
ENDFOR
SET TALK ON
```

5.5 编程题

1．输入任意一个数，判断其为奇数还是偶数。
2．判断某一年是否为闰年。
3．从键盘输入两个数，在屏幕输出大数。
4．编程计算如下函数。

$$y = \begin{cases} 2x+3, & x \leq 1 \\ x+5, & x > 1 \end{cases}$$

5．判断奇偶数。

6．为鼓励存款，对定期存款时间少于 1 年的，利率为 3%；等于或大于 1 年而少于 3 年的，利率为 5%；等于或大于 3 年而少于 5 年的，利率为 7%；5 年以上的，利率为 9%。

7．编程计算如下函数。

$$y=\begin{cases} 2x+3, & x \leqslant 1 \\ x+5, & 1<x<5 \\ 2x+5, & x \geqslant 5 \end{cases}$$

8．根据卷面成绩给出学生的计算机成绩，60 分以下为不及格、60～70 分为及格、70～80 分为中、80～90 分为良、90 分以上为优。

9．鸡兔同笼，鸡兔的总头数为 h，总脚数为 f，求鸡兔各有多少只？

10．根据输入的半径值，计算出相应的圆的周长。

11．计算 1！+2！+…+20！。

12．求一组数中的最大值和最小值。

13．打印正三角形。

```
  *
 ***
*****
```

14．打印倒三角形。

```
*****
 ***
  *
```

15．编写程序，实现计算 $1+2+3+\cdots+100$。

16．100 内的偶数相加。

17．从键盘输入若干个非零的数值，当输入数值 0 时结束输入，统计有效数值的个数和它们的平均值。

18．编制一张九九乘法表。

第6章

表单设计

6.1 选择题

1. 在对象的相对引用中，要引用当前操作的对象，可以使用的关键字是（　　）。
   A．Parent　　　　　　B．ThisForm　　　　　C．ThisformSet　　　D．This
2. 利用数据环境将表中备注型字段拖到表单中，将产生一个（　　）。
   A．文本框控件　　　B．列表框控件　　　　C．编辑框控件　　　　D．容器控件
3. 下列关于编辑框的说法，正确的是（　　）。
   A．编辑框可用来选择、剪切、粘贴及复制正文
   B．在编辑框中只能输入和编辑字符型数据
   C．编辑框实际上是一个完整的字处理器
   D．以上说法均正确
4. 对于表单及控件的绝大多数属性，其类型通常是固定的，通常 Caption 属性只用来接收（　　）。
   A．数值型数据　　　　　　　　　　B．字符型数据
   C．逻辑型数据　　　　　　　　　　D．以上数据类型都可以
5. 下列关于组合框的说法，正确的是（　　）。
   A．在组合框中，只有一个条目是可见的
   B．组合框不提供多重选定的功能
   C．组合框没有 MultiSelect 属性的设置
   D．以上说法均正确
6. 在表单中，下列有关列表框和组合框内选项的多重选择，正确的叙述是（　　）。
   A．列表框和组合框都可以设置成多重选择
   B．列表框和组合框都不可以设置成多重选择
   C．列表框可以设置多重选择，而组合框不可以
   D．组合框可以设置多重选择，而列表框不可以
7. 在命令按钮组中，决定命令按钮数目的属性是（　　）。
   A．ButtonCount　　　　　　　　　　B．Buttons

C．Value　　　　　　　　　　　　　D．ControlSource

8．在表单 MyForm 中，通过事件代码设置标签 Lbl1 的 Caption 属性值设置为"计算机等级考试"，下列程序代码正确的是（　　）。

A．MyForm.Lbl1.Caption="计算机等级考试"

B．This.Lbl1.Caption="计算机等级考试"

C．ThisForm.Lbl1.Caption="计算机等级考试"

D．ThisForm.Lbl1.Caption=计算机等级考试

9．下列关于命令 DO FORM XX NAME YY 的叙述，正确的是（　　）。

A．产生表单对象引用变量 XX，在释放变量 XX 时自动关闭表单

B．产生表单对象引用变量 XX，在释放变量 XX 时并不关闭表单

C．产生表单对象引用变量 YY，在释放变量 YY 时自动关闭表单

D．产生表单对象引用变量 YY，在释放变量 YY 时并不关闭表单

10．要运行表单文件 form1，下列命令正确的是（　　）。

A．DO form1.scx　　　　　　　　　B．DO FORM form1

C．RUN form1.scx　　　　　　　　　D．RUN FORM form1

11．在表单控件中要保存多行文本，可创建（　　）。

A．列表框　　　　　　　　　　　　B．文本框

C．标签　　　　　　　　　　　　　D．编辑框

12．下列叙述不属于表单数据环境常用操作的是（　　）。

A．向数据环境添加表或视图

B．向数据环境中添加控件

C．从数据环境中删除表或视图

D．在数据环境中编辑关系

13．在项目管理器中，表单文件所在的选项卡是（　　）。

A．数据　　　　　　　　　　　　　B．文档

C．代码　　　　　　　　　　　　　D．其他

14．Caption 是对象的（　　）属性。

A．标题　　　　　　　　　　　　　B．名称

C．背景是否透明　　　　　　　　　D．字体尺寸

15．DblClick 事件是（　　）时触发的基本事件。

A．当创建对象　　　　　　　　　　B．当从内存中释放对象

C．当表单或表单集装入内存　　　　D．当用户双击对象

16．在表单运行时，要求单击某一对象时释放表单，应（　　）。

A．在该对象的 Click 事件中输入 Thisform.Release 代码

B．在该对象的 Destroy 事件中输入 Thisform.Refresh 代码

C．在该对象的 Click 事件中输入 Thisform.Refresh 代码

D．在该对象的 DblClick 事件中输入 Thisform.Release 代码

17．在表单的控件中，既能输入又能编辑的控件为（　　）。

A．标签　　　　　　　　　　　　　B．组合框

C. 列表框　　　　　　　　　　　　　D. 文本框

18. 在命令按钮组中，通过修改（　　　）属性，可把按钮个数设为五个。

A. Caption　　　　B. PageCount　　　　C. ButtonCount　　　　D. Value

19. 在对象的引用中，Thisform 表示（　　　）。

A. 当前对象　　　　　　　　　　　　B. 当前表单

C. 当前表单集　　　　　　　　　　　D. 当前对象的上一级对象

20. 当一复选框变为灰色（不可用）时，此时 Value 的值为（　　　）。

A. 1　　　　　　　　B. 0　　　　　　　　C. 2 或 .NULL.　　　　D. 不确定

21. 在下列对象中，不属于控件类的是（　　　）。

A. 文本框　　　　B. 组合框　　　　　C. 表格　　　　　　D. 命令按钮

22. 为表单 MyForm 添加事件或方法代码，改变该表单中的控件 cmd1 的 Caption 属性的正确命令是（　　　）。

A. MyForm.cmd1.Caption="最后一个"　　B. This.cmd1.Caption="最后一个"

C. ThisForm.cmd1.Caption="最后一个"　　D. ThisFormset.cmd1.Caption="最后一个"

23. 在表单 MyForm 的一个控件的事件或方法程序中，改变该表单的背景色为红色的正确命令是（　　　）。

A. MyForm.Backcolor = RGB(255,0,0)　　B. This.parent.Backcolor = RGB(0,255,0)

C. ThisForm.backcolor = RGB(255,0,0)　　D. This.Backcolor = RGB(0,255,0)

24. Visible 属性的作用是（　　　）。

A. 设置对象是否可用　　　　　　　　B. 设置对象是否可视

C. 设置对象是否可改变大小　　　　　D. 设置对象是否可移动

25. 下列控件属于容器控件的是（　　　）。

A. 文本框　　　　B. 复选框　　　　　C. 命令按钮　　　　D. 页框

26. 下面关于表单控件基本操作的陈述，不正确的是（　　　）。

A. 要在"表单"控件工具栏中显示某个类库文件中自定义类，可以单击工具栏的"查看类"按钮，然后在弹出的菜单中选择"添加"命令

B. 要在表单中复制某个控件，可以按住 Ctrl 键并拖放该控件

C. 要使表单中所有被选控件具有相同大小，可单击"布局"工具栏中的"相同大小"按钮

D. 要将某个控件的 Tab 键序号设置为 1，可在进入 Tab 键次序交互式设置状态后，双击控件的 Tab 键次序盒

27. 在表单设计器环境下，要选定表单中某选项组里的某个选项按钮，可以（　　　）。

A. 单击"选项"按钮

B. 双击"选项"按钮

C. 先单击"选项"按钮，并选择"编辑"命令，然后再单击"选项"按钮

D. B 和 C 都可以

28. 下列对控件的描述正确的是（　　　）。

A. 用户可以在组合框中进行多重选择

B. 用户可以在列表框中进行多重选择

（第 6 章 表单设计 55）

C．用户可以在一个选项组中多个选项按钮

D．用户对一个表单内的一组复选框中只能选中其中一个

29．下列关于属性、方法和事件的叙述，错误的是（　　）。

A．属性用于描述对象的状态，方法用于表示对象的行为

B．基于同一个类产生的两个对象可以分别设置自己的属性值

C．事件代码也可以像方法一样被显式调用

D．在新建一个表单时，可以添加新的属性、方法和事件

6.2　填空题

1．在表单中要使控件成为可见的，应设置控件的＿＿＿＿＿＿＿＿属性。

2．若要实现表单中的控件与某一数据表中的字段的绑定，则在设计时应先在＿＿＿＿＿＿＿＿设置表单的数据源为该数据表。

3．类具有＿＿＿＿＿＿＿＿、＿＿＿＿＿＿＿＿和＿＿＿＿＿＿＿＿的特点/特性。

4．在表单运行中，计时器控件是＿＿＿＿＿＿＿；当时间到时，其产生＿＿＿＿＿＿＿事件。

5．数据环境一旦建立，当打开或运行表单时，其中的表或视图就会＿＿＿＿＿＿＿＿，而在释放表单时，表或视图也会随之＿＿＿＿＿＿＿＿。

6．向表单上添加控件时使用的工具栏是＿＿＿＿＿＿＿＿。

7．控件名字属性的属性名为＿＿＿＿＿＿＿＿，类型为＿＿＿＿＿＿＿＿。

8．如果要指定对象不能响应用户事件，应将＿＿＿＿＿＿＿＿属性值设置为.F.。

9．如果要指定对象隐藏（不可见），应将＿＿＿＿＿＿＿＿属性值设置为.F.。

10．指定表单是否显示标题栏的属性为＿＿＿＿＿＿＿＿。

11．执行表单的命令格式为＿＿＿＿＿＿＿＿＿＿＿。

12．表单的 Load 事件发生在表单的 Init 事件之＿＿＿＿＿＿＿＿，表单控件的 Init 事件发生在表单的 Init 事件之＿＿＿＿＿＿＿＿。

13．VFP 的三大可视的设计工具是＿＿＿＿＿＿、＿＿＿＿＿＿和＿＿＿＿＿＿。

6.3　判断题

1．对象具有属性，而属性只能在设计阶段设置。（　　）

2．引用对象的方法分为绝对引用和相对引用。（　　）

3．表单集是指两个以上的表单同时输出，并且可以通过程序或鼠标交换输出权。（　　）

6.4　简答题

1．控件的事件与方法有什么区别与联系？其调用的格式分别是什么？

2．对象有哪些主要特征？各特征的含义是什么？

3．什么是表单数据环境？在表单运行时，数据环境中的表有什么特点？

6.5 编程题

1．设计表单计算并显示 1+2+3+⋯+100 的和。

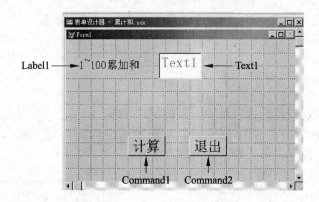

编写事件代码程序。

（1）Form1 的 Load 事件代码为：

```
PUBLIC  i, s
s=_____
```

（2）Command1 的 Click 事件代码为：

```
FOR i=1  to 100
s=s+i
NEXT
Thisform.text1.value=_____
```

（3）Command2 的 Click 事件代码为：

_____

2．应用表单设计器设计具有能显示红颜色"欢迎学习 VFP 表单设计"功能的表单。

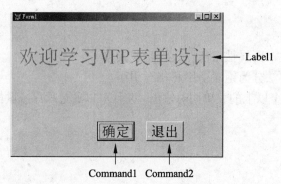

第7章

报表与菜单设计

7.1 选择题

1. 常用的报表布局类型有（　　）。

   A. 一对多报表　　　B. 行报表　　　　　C. 列报表　　　　　D. 以上都是

2. 有报表文件 PP1，在报表设计器中修改该报表文件的命令是（　　）。

   A. CREATE REPORT PP1　　　　　　　　B. MODIFY REPORT PP1

   C. CREATE PP1　　　　　　　　　　　　D. MODIFY PP1：

3. 在快速报表中，系统默认的基本带区有（　　）。

   A. 页标头和页注脚带区

   B. 页标头、细节和页注脚带区

   C. 标题、细节和总结带区

   D. 标题、页标头、细节、页注脚和总结带区

4. 下列关于创建报表的方法，错误的是（　　）。

   A. 使用报表设计器可以创建自定义报表

   B. 使用报表向导可以创建报表

   C. 使用快速报表可以创建简单规范的报表

   D. 利用报表向导创建的报表是快速报表

5. 下列关于报表预览的说法，错误的是（　　）。

   A. 如果报表文件的数据源内容已经更改，但没有保存报表，那么其预览的结果也会随之更改

   B. 只有预览了报表后，才能打印报表

   C. 在报表设计器中，任何时候都可以使用预览功能，查看页面设计的效果

   D. 在进行报表预览的同时，不可以更改报表的布局

6. 下列关于报表的说法，正确的是（　　）。

   A. 报表必须有表名

   B. 报表的数据源不可以是视图

   C. 报表的数据源不可以是临时表

　　D．可以不设置报表的数据源

7．报表设计器中，域控件的数据类型包括（　　　）。

　　A．字符型、日期型

　　B．字符型、数值型和日期型

　　C．字符型、数值型和逻辑型

　　D．字符型、数值型、逻辑型和日期型

8．在默认情况下，报表设计器中不包含的带区有（　　　）。

　　A．标题　　　　　　B．页注脚　　　　　　C．细节　　　　　　D．页标头

9．在使用报表向导定义报表时，定义报表布局的选项是（　　　）。

　　A．列数、方向、字段布局　　　　　　B．列数、行数、字段布局

　　C．行数、方向、字段布局　　　　　　D．列数、行数、方向

10．报表由（　　　）两个基本部分组成。

　　A．元组、属性　　　　　　　　　　　B．表单、对象

　　C．数据源、布局　　　　　　　　　　D．数据源、数据表

11．不能作为报表数据源的是（　　　）。

　　A．表　　　　　　B．视图　　　　　　C．其他报表　　　　　D．查询

12．报表的标题打印方式是（　　　）。

　　A．每页打印一次　　　　　　　　　　B．每列打印一次

　　C．整个报表打印一次　　　　　　　　D．每组打印一次

13．报表的列注脚是为了表示（　　　）。

　　A．列统计小节　　　　　　　　　　　B．总结

　　C．每组的总结　　　　　　　　　　　D．每页总结

14．常用的报表布局有一对多报表、多列报表和（　　　）。

　　A．标签报表　　　B．列报表　　　　　C．行报表　　　　　D．以上都是

15．不属于常用报表布局的是（　　　）。

　　A．行报表　　　B．列报表　　　　　　C．多行报表　　　　D．多列报表

16．报表注脚包括（　　　）。

　　A．页注脚　　　　　　　　　　　　　B．列注脚

　　C．组注脚　　　　　　　　　　　　　D．页注脚、列注脚和组注脚

17．在报表设计器中，带区的作用主要是（　　　）。

　　A．控制数据在页面上的打印宽度　　　B．控制数据在页面上的打印高度

　　C．控制数据在页面上的打印数量　　　D．控制数据在页面上的打印位置

18．下列关于报表带区及其作用的叙述，错误的是（　　　）。

　　A．对于"标题"带区，系统只在报表开始时打印一次该带区所包含的内容

　　B．对于"页标头"带区，系统只打印一次该带区所包含的内容

　　C．对于"细节"带区，每条记录的内容都只打印一次

　　D．对于"组标头"带区，系统将在数据分组时每组打印一次该内容

19．报表文件的扩展名是（　　　）。

　　A．MNX　　　　　B．FRX　　　　　　C．FXP　　　　　　D．PRG

20. 在命令窗口中，打印报表 YY1 可使用的命令是（   ）。
    A．REPORT FROM YY1 TO PRINTER
    B．REPORT FROM YY1> PREVIEW
    C．REPORT FORM YY1 TO PRINTER
    D．REPORT FORM YY1 PREVIEW
21. 下列关于报表的说法，正确的是（   ）。
    A．报表必须有别名　　　　　　　　B．报表的数据源不可以是视图
    C．报表的数据源不可以是临时表　　D．可以不设置报表的数据源
22. 在报表设计器中，域控件的数据类型包括（   ）。
    A．字符型、日期型　　　　　　　　B．字符型、数值型和日期型
    C．字符型、数值型和逻辑型　　　　D．字符型、数值型、逻辑型和日期型
23. 在分组报表设计中，数据分组的依据是（   ）。
    A．排序　　　　　　　　　　　　　B．数据表
    C．分组表达式　　　　　　　　　　D．以上都不是
24. 常用的报表布局类型有（   ）。
    A．一对多报　　　B．行报表　　　　C．列报表　　　　D．以上都是

7.2 填空题

1. 建立报表的命令是_____。
2. 报表的数据源可以是数据库表、_____、_____和_____。
3. 报表文件的扩展名是_____。
4. 创建报表的三种基本方法是_____、_____和_____。
5. 在 Visual FoxPro 中，报表是由两个基本部分组成的，包括_____和_____。

7.3 简答题

1. 简述生成预览报表有哪些方法。
2. 菜单由哪几部分组成？
3. 报表包括哪几个基本组成部分？报表类型有几种？建立报表布局文件有哪几种方法？

第 8 章

历届笔试试题

8.1 2009 年 3 月计算机等级考试二级 VFP 笔试试题

一、选择题（每小题 **2** 分，共 **70** 分）

（1）下列叙述正确的是（   ）。

　　A．栈是"先进先出"的线性表

　　B．队列是"先进后出"的线性表

　　C．循环队列是非线性结构

　　D．有序线性表既可以采用顺序存储结构，也可以采用链式存储结构

（2）支持子程序调用的数据结构是（   ）。

　　A．栈　　　　　　B．树　　　　　　C．队列　　　　　　D．二叉树

（3）某二叉树有 5 个度为 2 的结点，则该二叉树中的叶子结点数是（   ）。

　　A．10　　　　　　B．8　　　　　　C．6　　　　　　D．4

（4）在下列排序方法中，最坏情况下比较次数最少的是（   ）。

　　A．冒泡排序　　　B．简单选择排序　　C．直接插入排序　　D．堆排序

（5）软件按功能可以分为应用软件、系统软件和支撑软件（或工具软件）下面属于应用软件的是（   ）。

　　A．编译程序　　　B．操作系统　　　C．教务管理系统　　D．汇编程序

（6）下列叙述错误的是（   ）。

　　A．软件测试的目的是发现错误并改正错误

　　B．对被调试的程序进行"错误定位"是程序调试的必要步骤

　　C．程序调试通常也称为 Debug

　　D．软件测试应严格执行测试计划，排除测试的随意性

（7）耦合性和内聚性是对模块独立性度量的两个标准。下列叙述中正确的是（   ）。

　　A．提高耦合性降低内聚性有利于提高模块的独立性

　　B．降低耦合性提高内聚性有利于提高模块的独立性

　　C．耦合性是指一个模块内部各个元素间彼此结合的紧密程度

　　D．内聚性是指模块间互相连接的紧密程度

（8）数据库应用系统中的核心问题是（　　　）。

　　A．数据库设计　　　　　　　　　B．数据库系统设计

　　C．数据库维护　　　　　　　　　D．数据库管理员培训

（9）有两个关系 R、S 如下：

R		
A	B	C
a	3	2
b	0	1
c	2	1

S	
A	B
a	3
b	0
c	2

　　由关系 R 通过运算得到关系 S，则所使用的运算为（　　　）。

　　A．选择　　　　　B．投影　　　　　　C．插入　　　　　D．连接

（10）将 E-R 图转换为关系模式时，实体和联系都可以表示为（　　　）。

　　A．属性　　　　　B．键　　　　　　　C．关系　　　　　D．域

（11）数据库（DB）、数据库系统（DBS）和数据库管理系统（DBMS）三者之间的关系是（　　　）。

　　A．DBS 包括 DB 和 DBMS　　　　B．DBMS 包括 DB 和 DBS

　　C．DB 包括 DBS 和 DBMS　　　　D．DBS 就是 DB，也就是 DBMS

（12）SQL 语言的查询语句是（　　　）。

　　A．INSERT　　　B．UPDATE　　　C．DELETE　　　D．SELECT

（13）下列与修改表结构相关的命令是（　　　）。

　　A．INSERT　　　B．ALTER　　　　C．UPDATE　　　D．CREATE

（14）对表 SC（学号 C（8），课程号 C（2），成绩 N（3），备注 C（20）），可以插入的记录是（　　　）。

　　A．（'20080101'，'c1'，'90'，NULL）

　　B．（'20080101'，'c1'，'90'，'成绩优秀'）

　　C．（'20080101'，'c1'，'90'，'成绩优秀'）

　　D．（'20080101'，'c1'，'79'，'成绩优秀'）

（15）在表单中为表格控件指定数据源的属性是（　　　）。

　　A．DataSource　　B．DataFrom　　　C．RecordSource　　D．RecordFrom

（16）在 Visual FoxPro 中，下列关于 SQL 表定义语句（CREATE TABLE）的说法错误的是（　　　）。

　　A．可以定义一个新的基本表结构

　　B．可以定义表中的主关键字

　　C．可以定义表的域完整性、字段有效性规则等

　　D．对自由表，同样可以实现其完整性、有效性规则等信息的设置

（17）在 Visual FoxPro 中，若所建立索引的字段值不允许重复，并且一个表中只能创建一个，则这种索引应该是（　　　）。

　　A．主索引　　　B．唯一索引　　　C．候选索引　　　D．普通索引

（18）在 Visual FoxPro 中，用于建立或修改程序文件的命令是（　　）。

    A．MODIFY<文件名>   B．MODIFY COMMAND<文件名>

    C．MODIFY PROCEDURE<文件名>   D．B 和 C 都对

（19）在 Visual FoxPro 的程序中不需要用 PUBLIC 等命令明确声明和建立，可直接使用的内存变量是（　　）。

    A．局部变量   B．私有变量   C．公共变量   D．全局变量

（20）下列关于空值（NULL 值），叙述正确的是（　　）。

    A．空值等于空字符串

    B．空值等同于数值 0

    C．空值表示字段或变量还没有确定的值

    D．Visual FoxPro 不支持空值

（21）执行 USE sc IN 0 命令的结果是（　　）。

    A．选择 0 号工作区打开 sc 表   B．选择空闲的最小号工作区打开 sc 表

    C．选择第 1 号工作区打开 sc 表   D．显示出错信息

（22）在 Visual FoxPro 中，关系数据库管理系统所管理的关系是（　　）。

    A．一个 DBF 文件   B．若干个二维表

    C．一个 DEC 文件   D．若干个 DBC 文件

（23）在 Visual FoxPro 中，下面描述正确的是（　　）。

    A．数据库表允许对字段设置默认值

    B．自由表允许对字段设置默认值

    C．自由表或数据库表都允许对字段设置默认值

    D．自由表或数据库表都不允许对字段设置默认值

（24）在 SQL 的 SELECT 语句中，HAVING<条件表达式>用来筛选满足条件的（　　）。

    A．列   B．行   C．关系   D．分组

（25）在 Visual FoxPro 中，假设表单上有一选项组：○男⊙女，初始时该选项组的 Value 属性值为 1。若选项按钮"女"被选中，则该选项组的 Value 属性值是（　　）。

    A．1   B．2   C．"女"   D．"男"

（26）在 Visual FoxPro 中，假设教师表 T（教师号，姓名，性别，职称，研究生导师）中，性别是 C 型字段，研究生导师是 L 型字段。若要查询"是研究生导师的女老师"信息，那么 SQL 语句 SELECT * FROM T WHERE <逻辑表达式>中的<逻辑表达式>应是（　　）。

    A．研究生导师 AND 性别="女"

    B．研究生导师 OR 性别="女"

    C．性别="女" AND 研究生导师=.F.

    D．研究生导师=.T. OR 性别=女

（27）在 Visual FoxPro 中有如下程序，函数 IIF( )的返回值是（　　）。

```
*程序
PRIVATE X, Y
STORE "男" TO X
```

```
Y=LEN(X)+2
?IIF(Y<4,"男","女")
RETURN
```

　　A."女"　　　　　B."男"　　　　　C..T.　　　　　D..F.

（28）在 Visual FoxPro 中，每一个工作区中最多能打开的数据库表的数量是（　　）。

　　A. 1 个　　　　　　　　　　　B. 2 个

　　C. 任意个，根据内存资源而确定　　D. 35 535 个

（29）在 Visual FoxPro 中，有关参照完整性的删除规则正确的描述是（　　）。

　　A. 如果删除规则选择的是"限制"，则当用户删除父表中的记录时，系统将自
　　　　动删除子表中的所有相关记录

　　B. 如果删除规则选择的是"级联"，则当用户删除父表中的记录时，系统将禁
　　　　止删除与子表相关的父表中的记录

　　C. 如果删除规则选择的是"忽略"，则当用户删除父表中的记录时，系统将不
　　　　负责检查子表中是否有相关记录

　　D. 上面三种说法都不对

（30）在 Visual FoxPro 中，报表的数据源不包括（　　）。

　　A. 视图　　　　B. 自由表　　　　C. 查询　　　　D. 文本文件

第（31）～（35）题基于学生表 S 和学生选课表 SC 两个数据库表，它们的结构如下：

S（学号，姓名，性别，年龄）其中学号、姓名和性别为 C 型字段，年龄为 N 型字段。

SC（学号，课程号，成绩），其中学号和课程号为 C 型字段，成绩为 N 型字段（初始
为空值）。

（31）查询学生选修课程成绩小于 60 分，正确的 SQL 语句是（　　）。

　　A. SELECT DISTINCT 学号 FROM SC WHERE "成绩"<60

　　B. SELECT DISTINCT 学号 FROM SC WHERE 成绩<"60"

　　C. SELECT DISTINCT 学号 FROM SC WHERE 成绩<60

　　D. SELECT DISTINCT "学号" FROM SC WHERE "成绩"<60

（32）查询学生表 S 的全部记录并存储于临时表文件 one 中的 SQL 命令是（　　）。

　　A. SELECT*FROM 学生表 INTO CURSOR one

　　B. SELECT*FROM 学生表 TO CURSOR one

　　C. SELECT*FROM 学生表 INTO CURSOR DBF one

　　D. SELECT*FROM 学生表 TO CURSOR DBF one

（33）查询成绩在 70～85 分之间学生的学号、课程号和成绩，正确的 SQL 语句是（　　）。

　　A. SELECT 学号，课程号，成绩 FROM sc WHERE 成绩 BETWEEN 70 AND 85

　　B. SELECT 学号，课程号，成绩 FROM sc WHERE 成绩>= 70 OR 成绩<=85

　　C. SELECT 学号，课程号，成绩 FROM sc WHERE 成绩>=70 OR <=85

　　D. SELECT 学号，课程号，成绩 FROM sc WHERE 成绩>=70 AND <=85

（34）查询有选课记录，但没有考试成绩的学生的学号和课程号，正确的 SQL 语句是
（　　）。

　　A. SELECT 学号，课程号 FROM sc WHERE 成绩 =" "

  B. SELECT 学号，课程号 FROM sc WHERE 成绩 =NULL

  C. SELECT 学号，课程号 FROM sc WHERE 成绩 IS NULL

  D. SELECT 学号，课程号 FROM sc WHERE 成绩

（35）查询选修 C2 课程号的学生姓名，下列 SQL 语句错误的是（ ）。

  A. SELECT 姓名 FROM S WHERE EXISTS

   (SELECT*FROM SC WHERE 学号=S.学号 AND 课程号 ='C2')

  B. SELECT 姓名 FROM S WHERE 学号 IN

   (SELECT 学号 FROM SC WHERE 课程号 ='C2')

  C. SELECT 姓名 FROM S JOIN SC ON S.学号=SC.学号 WHERE 课程号 ='C2'

  D. SELECT 姓名 FROM S WHERE 学号 =

   (SELECT 学号 FROM SC WHERE 课程号 ='C2')

二、填空题（每空 2 分，共 30 分）

（1）假设用一个长度为 50 的数组（数组元素的下标从 0～49）作为栈的存储空间，栈底指针 bottom 指向栈底元素，栈顶指针 top 指向栈顶元素，如果 bottom=49，top=30（数组下标），则栈中具有____【1】____个元素。

（2）软件测试可分为白盒测试和黑盒测试。基本路径测试属于____【2】____测试。

（3）符合结构化原则的三种基本控制结构是选择结构、循环结构和____【3】____。

（4）数据库系统的核心是____【4】____。

（5）在 E-R 图中，图形包括矩形框、菱形框、椭圆框。其中表示实体联系的是____【5】____框。

（6）所谓自由表就是那些不属于若任何____【6】____的表。

（7）常量{^2009-10-01，15:30:00}的数据类型是____【7】____。

（8）利用 SQL 语句的定义功能建立一个课程表，并且为课程号建立主索引，语句格式为：

CREATE TABLE 课程表（课程号 C（5）____【8】____，课程名 C（30））

（9）在 Visual FoxPro 中，程序文件的扩展名是____【9】____。

（10）在 Visual FoxPro 中，SELECT 语句能够实现投影、选择和____【10】____三种专门的关系运算。

（11）在 Visual FoxPro 中，LOCATE ALL 命令按条件对某个表中的记录进行查找，若查不到满足条件的记录，则函数 EOF( )的返回值应是____【11】____。

（12）在 Visual FoxPro 中，设有一个学生表 STUDENT，其中有学号、姓名、年龄、性别等字段，用户可以用命令____【12】____年龄 WITH 年龄+1 将表中所有学生的年龄增加一岁。

（13）在 Visual FoxPro 中，有如下程序。

```
*程序名：TEST.PRG
SET TALK OFF
PRIVATE X,Y
X="数据库"-
Y="管理系统"
DO subl
```

```
?X+Y
RETURN
*子程序：subl
PROCEDU subl
LOCAL X
X="应用"
Y="系统"
X=X+Y
RETURN
```

执行命令 DO TEST 后，屏幕显示的结果应是___【13】___。

（14）使用 SQL 语言的 SELECT 语句进行分组查询时，如果希望去掉不满足条件的分组，则应当在 GROUP BY 中使用___【14】___子句。

（15）设有 SC（学号，课程号，成绩）表，下面 SQL 的 SELECT 语句用来检索成绩高于或等于平均成绩的学生的学号。

```
SELECT 学号 FROM sc
WHERE 成绩 >=(SELECT___【15】___FROM sc)
```

8.2　2009 年 3 月笔试试卷参考答案

一、选择题

（1）　D　（2）　A　（3）　C　（4）　D　（5）　C
（6）　A　（7）　B　（8）　A　（9）　B　（10）　C
（11）　A　（12）　D　（13）　B　（14）　B　（15）　C
（16）　D　（17）　A　（18）　B　（19）　B　（20）　C
（21）　B　（22）　B　（23）　A　（24）　D　（25）　B
（26）　A　（27）　A　（28）　A　（29）　C　（30）　D
（31）　C　（32）　A　（33）　A　（34）　C　（35）　D

二、填空题

（1）19

（2）白盒

（3）顺序结构

（4）数据库管理系统

（5）菱形

（6）数据库

（7）日期时间型　（或　T）

（8）PRIMARY　KEY

（9）.prg

（10）连接

（11）.T.

（12）REPLACE　ALL

（13）数据库系统

（14）HAVING

（15）AVG（成绩）

8.3　2009 年 9 月计算机等级考试二级 VFP 笔试试题

一、选择题（每小题 2 分，共 70 分）

（1）下列数据结构，属于非线性结构的是（　　）。

    A. 循环队列　　　　B. 带链队列　　　　C. 二叉树　　　　D. 带链栈

（2）下列数据结构，能够按照"先进后出"原则存取数据的是（　　）。

    A. 循环队列　　　　B. 栈　　　　　　　C. 队列　　　　D. 二叉树

（3）对于循环队列，下列叙述正确的是（　　）。

    A. 队头指针是固定不变的

    B. 队头指针一定大于队尾指针

    C. 队头指针一定小于队尾指针

    D. 队头指针可以大于队尾指针，也可以小于队尾指针

（4）算法的空间复杂度是指（　　）。

    A. 算法在执行过程中所需要的计算机存储空间

    B. 算法所处理的数据量

    C. 算法程序中的语句或指令条数

    D. 算法在执行过程中所需要的临时工作单元数

（5）软件设计中划分模块的一个准则是（　　）。

    A. 低内聚低耦合　　　　　　　　B. 高内聚低耦合

    C. 低内聚高耦合　　　　　　　　D. 高内聚高耦合

（6）下列选项不属于结构化程序设计原则的是（　　）。

    A. 可封装　　　　B. 自顶向下　　　　C. 模块化　　　　D. 逐步求精

（7）软件详细设计产生的图如下。

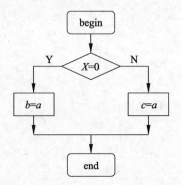

该图是（　　）。

　　A．N-S 图　　　　B．PAD 图　　　　C．程序流程图　　　　D．E-R 图

（8）数据库管理系统是（　　　）。

　　A．操作系统的一部分　　　　　　B．在操作系统支持下的系统软件

　　C．一种编译系统　　　　　　　　D．一种操作系统

（9）在 E-R 图中，用来表示实体联系的图形是（　　　）。

　　A．椭圆形　　　　B．矩形　　　　C．菱形　　　　D．三角形

（10）有三个关系 *R*、*S* 和 *T* 如下：

R		
A	*B*	*C*
a	1	2
b	2	1
c	3	1

S		
A	*B*	*C*
d	3	2

T		
A	*B*	*C*
a	1	2
b	2	1
c	3	1
d	3	2

其中关系 *T* 由关系 *R* 和 *S* 通过某种操作得到，该操作为（　　　）。

　　A．选择　　　　B．投影　　　　C．交　　　　D．并

（11）设置文本框显示内容的属性是（　　　）。

　　A．Value　　　　B．Caption　　　　C．Name　　　　D．InputMask

（12）语句 LIST MEMORY LIKE a* 能够显示的变量不包括（　　　）。

　　A．a　　　　B．a1　　　　C．ab2　　　　D．ba3

（13）计算结果不是字符串"Teacher"的语句是（　　　）。

　　A．at("MyTeacher"，3，7)　　　　B．substr("MyTeacher"，3，7)

　　C．right("MyTeacher"，7)　　　　D．left("Teacher"，7)

（14）学生表中有"学号"、"姓名"和"年龄"三个字段，SQL 语句 SELECT 学号 FROM 学生完成的操作称为（　　　）。

　　A．选择　　　　B．投影　　　　C．连接　　　　D．并

（15）报表的数据源不包括（　　　）。

　　A．视图　　　　B．自由表　　　　C．数据库表　　　　D．文本文件

（16）使用索引的主要目的是（　　　）。

　　A．提高查询速度　　　　　　　　B．节省存储空间

　　C．防止数据丢失　　　　　　　　D．方便管理

（17）表单文件的扩展名是（　　　）。

　　A．frm　　　　B．prg　　　　C．scx　　　　D．vcx

（18）下列程序段执行后在屏幕上显示的结果是（　　　）。

```
DIME a(6)
a(1)=1
a(2)=1
FOR i=3 TO 6
a(i)=a(i-1)+a(i-2)
```

```
NEXT
?a(6)
```

A. 5   B. 6   C. 7   D. 8

（19）下列程序段执行后在屏幕上显示的结果是（   ）。

```
x1=20
x2=30
SET UDFPARMS TO VALUE
DO test WITH x1, x2
?x1, x2
PROCEDURE test
PARAMETERS a, b
x=a
a=b
b=x
ENDPRO
```

A. 30 30   B. 30 20   C. 20 20   D. 20 30

（20）下列关于"查询"的描述正确的是（   ）。

A. 查询文件的扩展名为 prg   B. 查询保存在数据库文件中

C. 查询保存在表文件中   D. 查询保存在查询文件中

（21）下列关于"视图"的描述正确的是（   ）。

A. 视图独立于表文件   B. 视图不可更新

C. 视图只能从一个表派生出来   D. 视图可以删除

（22）为了隐藏在文本框中输入的信息，用占位符代替显示用户输入的字符，需要设置的属性是（   ）。

A. Value   B. ControSource   C. InputMask   D. PasswordChar

（23）假设某表单的 Visible 属性的初值为.F.，能将其设置为.T.的方法是（   ）。

A. Hide   B. Show   C. Release   D. SetFocus

（24）在数据库中建立表的命令是（   ）。

A. CREATE   B. CREATE DATABASE

C. CREATE QUERY   D. CREATE FORM

（25）让隐藏的 MeForm 表单显示在屏幕上的命令是（   ）。

A. MeForm.Display   B. MeForm.Show

C. MeForm.List   D. MeForm.See

（26）在表设计器的"字段"选项卡中，字段有效性的设置项不包括（   ）。

A. 规则   B. 信息   C. 默认值   D. 标题

（27）若 SQL 语句中的 ORDER BY 短语中指定了多个字段，则（   ）。

A. 依次按自右至左的字段顺序排序

B. 只按第一个字段排序

C. 依次按自左至右的字段顺序排序

D. 无法排序

（28）在 Visual FoxPro 中，下列关于属性、方法和事件的叙述错误的是（　　）。

　　A．属性用于描述对象的状态，方法用于表示对象的行为

　　B．基于同一个类产生的两个对象可以分别设置自己的属性值

　　C．事件代码也可以像方法一样被显式调用

　　D．在创建一个表单时，可以添加新的属性、方法和事件

（29）下列函数返回类型为数值型的是（　　）。

　　A．STR　　　　　　B．VAL　　　　　　C．DTOC　　　　　　D．TTOC

（30）与 SELECT * FROM 教师表 INTO DBF A 等价的语句是（　　）。

　　A．SELECT * FROM 教师表 TO DBF A

　　B．SELECT * FROM 教师表 TO TABLE A

　　C．SELECT * FROM 教师表 INTO TABLE A

　　D．SELECT * FROM 教师表 INTO A

（31）查询"教师表"的全部记录并存储在临时文件 one.dbf 中的 SQL 命令是（　　）。

　　A．SELECT * FROM 教师表 INTO CURSOR one

　　B．SELECT * FROM 教师表 TO CURSOR one

　　C．SELECT * FROM 教师表 INTO CURSOR DBF one

　　D．SELECT * FROM 教师表 TO CURSOR DBF one

（32）"教师表"中有"职工号"、"姓名"和"工龄"字段，其中"职工号"为主关键字，建立"教师表"的 SQL 命令是（　　）。

　　A．CREATE TABLE 教师表（职工号 C（10）PRIMARY，姓名 C（20），工龄 I）

　　B．CREATE TABLE 教师表（职工号 C（10）FOREIGN，姓名 C（20），工龄 I）

　　C．CREATE TABLE 教师表（职工号 C（10）FOREIGN KEY，姓名 C（20），工龄 D）

　　D．CREATE TABLE 教师表（职工号 C（10）PRIMARY KEY，姓名 C（20），工龄 I）

（33）创建一个名为 student 的新类，保存新类的类库名称是 mylib，新类的父类是 Person，正确的命令是（　　）。

　　A．CREATE CLASS mylib OF student As PerSon

　　B．CREATE CLASS studem OF Pemon As mylib

　　C．CREATE CLASS student OF mylib As Person

　　D．CREATE CLASS Person OF mylib As student

（34）"教师表"中有"职工号"、"姓名"、"工龄"和"系号"等字段，"学院表"中有"系名"和"系号"等字段，计算"计算机"系教师总数的命令是（　　）。

　　A．SELECT COUNT(*)FROM 教师表 INNER JOIN 学院表；

　　　　ON 教师表.系号=学院表.系号　WHERE　系名="计算机"

　　B．SELECT COUNT(*)FROM 教师表 INNER JOIN 学院表；

　　　　ON 教师表.系号=学院表.系号　ORDER BY 教师表.系号；

　　　　HAVING 学院表.系名="计算机"

　　C．SELECT SUM(*) FROM 教师表 INNER JOIN 学院表；

ON 教师表.系号=学院表.系号 GROUP BY 教师表.系号；

HAVING 学院表.系名="计算机"

  D．SELECT SUM(*) FROM 教师表 INNER JOIN 学院表；

ON 教师表.系号=学院表.系号 ORDER BY 教师表.系号；

HAVING 学院表.系名="计算机"

（35）"教师表"中有"职工号"、"姓名"、"工龄"和"系号"等字段，"学院表"中有"系名"和"系号"等字段，求教师总数最多的系的教师人数，正确的命令序列是（　　）。

  A．SELECT 教师表.系号，COUNT(*) AS 人数 FROM 教师表，学院表；

GROUP BY 教师表.系号 INTO DBF TEMP

SELECT MAX(人数)FROM TEMP

  B．SELECT 教师表.系号，COUNT(*)FROM 教师表，学院表；

WHERE 教师表.系号 = 学院表.系号 GROUP BY 教师表.系号 INTO DBF TEMP

SELECT MAX(人数) FROM TEMP

  C．SELECT 教师表.系号，COUNT(*)AS 人数 FROM 教师表，学院表；

WHERE 教师表.系号 = 学院表.系号 GROUP BY 教师表.系号 TO FILE TEMP

SELECT MAX(人数) FROM TEMP

  D．SELECT 教师表.系号，COUNT(*) AS 人数 FROM 教师表，学院表；

WHERE 教师表.系号 = 学院表.系号 GROUP BY 教师表.系号 INTO DBF TEMP

SELECT MAX(人数) FROM TEMP

二、填空题（每空 2 分，共 30 分）

（1）若某二叉树有 5 个度为 2 的结点以及 3 个度为 1 的结点，则该二叉树中共有____【1】____个结点。

（2）程序流程图中的菱形框表示的是____【2】____。

（3）软件开发过程主要分为需求分析、设计、编码与测试四个阶段，其中____【3】____阶段产生"软件需求规格说明书"。

（4）在数据库技术中，实体集之间的联系可以是一对一、一对多或多对多的，那么"学生"和"可选课程"的联系为____【4】____。

（5）人员基本信息一般包括身份证号、姓名、性别、年龄等。其中可以作为主关键字的是____【5】____。

（6）命令按钮的 Cancel 属性的默认值是____【6】____。

（7）在关系操作中，从表中取出满足条件的元组的操作称为____【7】____。

（8）在 Visual FoxPro 中，表示时间 2009 年 3 月 3 日的常量应写为____【8】____。

（9）在 Visual FoxPro 中的"参照完整性"中，"插入规则"包括的选择是"限制"和____【9】____。

（10）删除视图 MyView 的命令是____【10】____。

（11）查询设计器中的"分组依据"选项卡与 SQL 语句的____【11】____短语对应。

（12）项目管理器的数据选项卡用于显示和管理数据库、查询、视图和____【12】____。

（13）可以使编辑框的内容处于只读状态的两个属性是 ReadOnly 和____【13】____。

（14）为"成绩"表中"总分"字段增加有效性规则："总分必须大于等于 0 并且小于等于 750"，正确的 SQL 语句是：

____【14】____TABLE 成绩 ALTER 总分____【15】____总分>=0 AND 总分<=750

8.4　2009 年 9 月笔试试卷参考答案

一、选择题

（1）　C　（2）　B　（3）　D　（4）　A　（5）　B
（6）　A　（7）　C　（8）　B　（9）　C　（10）　D
（11）　A　（12）　D　（13）　A　（14）　B　（15）　D
（16）　A　（17）　C　（18）　D　（19）　B　（20）　D
（21）　D　（22）　D　（23）　B　（24）　A　（25）　B
（26）　D　（27）　D　（28）　D　（29）　B　（30）　C
（31）　A　（32）　D　（33）　C　（34）　A　（35）　D

二、填空题

（1）14
（2）逻辑判断
（3）需求分析
（4）多对多
（5）身份证号
（6）.F.
（7）选择
（8）{^2009-03-03}
（9）忽略
（10）DROP VIEW MYVIEW
（11）GROUP BY
（12）自由表
（13）ENABLED
（14）ALTER　　SET CHECK

8.5　2010 年 3 月计算机等级考试二级 VF 笔试试题

一、选择题（每小题 2 分，共 70 分）

下列各题 A、B、C、D 四个选项，只有一个选项是正确的。请将正确选项填涂在答题卡相应位置上，答在试卷上不得分。

（1）下列叙述正确的是（　　　）。

  A．对长度为 n 的有序链表进行查找，最坏情况下需要的比较次数为 n

  B．对长度为 n 的有序链表进行对分查找，最坏情况下需要的比较次数为（$n/2$）

  C．对长度为 n 的有序链表进行对分查找，最坏情况下需要的比较次数为（$\log_2 n$）

  D．对长度为 n 的有序链表进行对分查找，最坏情况下需要的比较次数为（$n \log_2 n$）

（2）算法的时间复杂度是指（　　　）。

  A．算法的执行时间

  B．算法所处理的数据量

  C．算法程序中的语句或指令条数

  D．算法在执行过程中所需要的基本运算次数

（3）软件按功能可以分为应用软件、系统软件和支撑软件（或工具软件）。

  下面属于系统软件的是（　　　）。

  A．编辑软件　　　　　　　　　　B．操作系统

  C．教务管理系统　　　　　　　　D．浏览器

（4）软件（程序）调试的任务是（　　　）。

  A．诊断和改正程序中的错误　　　B．尽可能多地发现程序中的错误

  C．发现并改正程序中的所有错误　D．确定程序中错误的性质

（5）数据流程图（DFD 图）是（　　　）。

  A．软件概要设计的工具　　　　　B．软件详细设计的工具

  C．结构化方法的需求分析工具　　D．面向对象方法的需求分析工具

（6）软件生命周期可分为定义阶段、开发阶段和维护阶段。详细设计属于（　　　）。

  A．定义阶段　　　B．开发阶段　　　C．维护阶段　　　D．上述三个阶段

（7）数据库管理系统中负责数据模式定义的语言是（　　　）。

  A．数据定义语言　　　　　　　　B．数据管理语言

  C．数据操纵语言　　　　　　　　D．数据控制语言

（8）在学生管理的关系数据库中，存取一个学生信息的数据单位是（　　　）。

  A．文件　　　　B．数据库　　　　C．字段　　　　D．记录

（9）在数据库设计中，用 E-R 图来描述信息结构但不涉及信息在计算机中的表示，它属于数据库设计的（　　　）。

  A．需求分析阶段　　　　　　　　B．逻辑设计阶段

  C．概念设计阶段　　　　　　　　D．物理设计阶段

（10）有两个关系 R 和 T 如下：

	R				T	
A	B	C		A	B	C
a	1	2		c	3	2
b	2	2		d	3	2
c	3	2				
d	3	2				

则由关系 R 得到关系 T 的操作是（　　　）。

    A．选择　　　　　B．投影　　　　　　C．交　　　　　　　D．并

（11）在 Visual FoxPro 中，编译后的程序文件的扩展名为（　　　）。

    A．PRG　　　　　B．EXE　　　　　　C．DBC　　　　　　D．FXP

（12）假设表文件 TEST.DBF 已经在当前工作区打开，要修改其结构，可以使用命令（　　　）。

    A．MODI STRU　　　　　　　　B．MODI COMM TEST

    C．MODI DBF　　　　　　　　　D．MODI TYPE TEST

（13）将当前表中所有学生的总分增加 10 分，可以使用的命令是（　　　）。

    A．CHANGE 总分 WITH 总分+10

    B．PEPLACE 总分 WITH 总分+10

    C．CHANGE ALL 总分 WITH 总分+10

    D．PEPLACE ALL 总分 WITH 总分+10

（14）在 Visual FoxPro 中，下列关于属性、事件、方法叙述错误的是（　　　）。

    A．属性用于描述对象的状态

    B．方法用于表示对象的行为

    C．事件代码也可以像方法一样被显式调用

    D．基于同一个类产生的两个对象的属性不能分别设置自己的属性值

（15）有如下赋值语句，结果为"大家好"的表达式是（　　　）。

```
a="你好"
B="大家"
```

    A．b+AT(a,1)　　　　　　　　B．b+RIGHT(a, 1)

    C．b+LEFT(a, 3, 4)　　　　　　D．b+RIGHT(a, 2)

（16）在 Visual FoxPro 中，"表"是指（　　　）。

    A．报表　　　　　B．关系　　　　　　C．表格控件　　　D．表单

（17）在下面的 Visual FoxPro 表达式中，运算结果为逻辑真的是（　　　）。

    A．EMPTY(.NULL.)　　　　　　B．LIKE("xy? ", "xyz")

    C．AT("xy"，"abcxyz")　　　　　D．LSNULL(SPACE(0))

（18）下列关于视图的描述正确的是（　　　）。

    A．视图和表一样包含数据　　　B．视图物理上不包含数据

    C．视图定义保存在命令文件中　D．视图定义保存在视图文件中

（19）下列关于关系的说法正确的是（　　　）。

    A．列的次序非常重要　　　　　B．行的次序非常重要

    C．列的次序无关紧要　　　　　D．关键字必须指定为第一列

（20）报表的数据源可以是（　　　）。

    A．表或视图　　　　　　　　　B．表或查询

    C．表、查询或视图　　　　　　D．表或其他报表

（21）在表单中为表格控件指定数据源的属性是（　　　）。

    A．DataSource　B．RecordSource　C．DataFrom　　　D．RecordFrom

（22）如果指定参照完整性的删除规则为"级联"，则当删除父表中的记录时（   ）。

    A．系统自动备份父表中被删除记录到一个新表中

    B．若子表中有相关记录，则禁止删除父表中的记录

    C．会自动删除子表中所有相关记录

    D．不作参照完整性检查，删除父表记录与子表无关

（23）为了在报表中打印当前时间，应该插入一个（   ）。

    A．表达式控件 B．域控件   C．标签控件   D．文本控件

（24）下列关于查询的描述正确的是（   ）。

    A．不能根据自由表建立查询

    B．只能根据自由表建立查询

    C．只能根据数据库表建立查询

    D．可以根据数据库表和自由表建立查询

（25）SQL 语言的更新命令的关键词是（   ）。

    A．INSERT   B．UPDATE   C．CREATE   D．SELECT

（26）将当前表单从内存中释放的正确语句是（   ）。

    A．ThisForm.Close   B．ThisForm.Clear

    C．ThisForm.Release   D．ThisForm.Refresh

（27）假设职员表已在当前工作区打开，其当前记录的"姓名"字段值为"李彤"。（C 型字段）。在命令窗口输入并执行如下命令。

```
姓名=姓名-"出勤"
?姓名
```

屏幕上会显示（   ）。

    A．李彤   B．李彤出勤   C．李彤出勤   D．李彤-出勤

（28）假设"图书"表中有 C 型字段"图书编号"，要求将图书编号以字母 A 开头的图书记录全部打上删除标记，可以使用 SQL 命令（   ）。

    A．DELETE FROM 图书 FOR 图书编号=""A"

    B．DELETE FROM 图书 WHERE 图书编号="A%"

    C．DELETE FROM 图书 FOR 图书编号="A*"

    D．DELETE FROM 图书 WHERE 图书编号 LIKE "A%"

（29）下列程序段的输出结果是（   ）。

```
ACCEPT TO A
IF A=[123]
S=0
ENDIF
S=1
?S
```

    A．0   B．1   C．123   D．由 A 的值决定

（30）～（35）题基于图书表、读者表和借阅表三个数据库表，它们的结构如下：

图书（图书编号，书名，第一作者，出版社）：图书编号、书名、第一作者和出版社为

C 型字段，图书编号为主关键字；

　　读者（借书证号，单位，姓名，职称）：借书证号、单位、姓名、职称为 C 型字段，借书证号为主关键字；

　　借阅（借书证号，图书编号，借书日期.还书日期）：借书证号和图书编号为 C 型字段，借书日期和还书日期为 D 型字段，还书日期默认值为 NULL，借书证号和图书编号共同构成主关键字。

（30）查询第一作者为"张三"的所有书名及出版社，正确的 SQL 语句是（　　）。

　　A．SELECT 书名，出版社 FROM 图书 WHERE 第一作者=张三

　　B．SELECT 书名，出版社 FROM 图书 WHERE 第一作者="张三"

　　C．SELECT 书名，出版社 FROM 图书 WHERE "第一作者"=张三

　　D．SELECT 书名，出版社 FROM 图书 WHERE "第一作者"="张三"

（31）查询尚未归还书的图书编号和借书日期，正确的 SQL 语句是（　　）。

　　A．SELECT 图书编号，借书日期 FROM 借阅 WHERE 还书日期=" "

　　B．SELECT 图书编号，借书日期 FROM 借阅 WHERE 还书日期=NULL

　　C．SELECT 图书编号，借书日期 FROM 借阅 WHERE 还书日期 IS NULL

　　D．SELECT 图书编号，借书日期 FROM 借阅 WHERE 还书日期

（32）查询"读者"表的所有记录并存储于临时表文件 one 中的 SQL 语句是（　　）。

　　A．SELECT* FROM 读者 INTO CURSOR one

　　B．SELECT* FROM 读者 TO CURSOR one

　　C．SELECT* FROM 读者 INTO CURSOR DBF one

　　D．SELECT* FROM 读者 TO CURSOR DBF one

（33）查询单位名称中含有"北京"字样的所有读者的借书证号和姓名，正确的 SQL 语句是（　　）。

　　A．SELECT 借书证号，姓名 FROM 读者 WHERE 单位="北京%"

　　B．SELECT 借书证号，姓名 FROM 读者 WHERE 单位="北京*"

　　C．SELECT 借书证号，姓名 FROM 读者 WHERE 单位 LIKE "北京*"

　　D．SELECT 借书证号，姓名 FROM 读者 WHERE 单位 LIKE "%北京%"

（34）查询 2009 年被借过的图书编号和借书日期，正确的 SQL 语句是（　　）。

　　A．SELECT 图书编号，借书日期 FROM 借阅 WHERE 借书日期=2009

　　B．SELECT 图书编号，借书日期 FROM 借阅 WHERE year（借书日期）=2009

　　C．SELECT 图书编号，借书日期 FROM 借阅 WIRE 借书日期=year（2009）

　　D．SELECT 图书编号，借书日期 FROM 借阅 WHERE year（借书日期）=year（2009）

（35）查询所有"工程师"读者借阅过的图书编号，正确的 SQL 语句是（　　）。

　　A．SELECT 图书编号 FROM 读者，借阅 WHERE 职称="工程师"

　　B．SELECT 图书编号 FROM 读者，图书 WHERE 职称="工程师"

　　C．SELECT 图书编号 FROM 借阅 WHERE 图书编号=

　　　　（SELECT 图书编号 FROM 借阅 WHERE 职称="工程师"）

　　D．SELECT 图书编号 FROM 借阅 WHERE 借书证号 IN

　　　　（SELECT 借书证号 FROM 读者 WHERE 职称="工程师"）

二、填空题（每空 2 分，共 30 分）

请将每一个空的正确答案写在答题卡_____【1】_____～_____【14】_____序号的横线上，答在试卷上不得分。

（1）一个队列的初始状态为空。现将元素 A、B、C、D、E、F、5、4、3、2、1 依次入队，然后再依次退队，则元素退队的顺序为_____【1】_____。

（2）设某循环队列的容量为 50，如果头指针 front = 45（指向队头元素的前一位置），尾指针 rear=10（指向队尾元素），则该循环队列中共有_____【2】_____个元素。

（3）设二叉树如下：

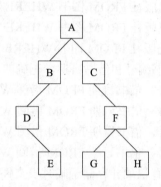

对该二叉树后序遍历的结果为_____【3】_____。

（4）软件是_____【4】_____、数据和文档的集合。

（5）有一个学生选课的关系，其中学生的关系模式为：学生（学号，姓名，班级，年龄），课程的关系模式为：课程（课号，课程名，学时），其中两个关系模式的键分别是学号和课号。则关系模式选课可定义为选课（学号，_____【5】_____，成绩）。

（6）为表建立主索引或候选索引可以保证数据的_____【6】_____完整性。

（7）已有查询文件 queryone.qpr，要执行该查询文件可使用命令_____【7】_____。

（8）在 Visual FoxPro 中，职工表 EMP 中包含有通用型字段，表中通用型字段中的数据均存储到另一个文件中，该文件名为_____【8】_____。

（9）在 Visual FoxPro 中建立数据库表时，将年龄字段值限制在 18～45 岁之间的约束属于_____【9】_____完整性约束。

（10）设有学生和班级两个实体，每个学生只能属于一个班级，一个班级可以有多名学生，则学生和班级实体之间的联系类型是_____【10】_____。

（11）Visual FoxPro 数据库系统所使用的数据的逻辑结构是_____【11】_____。

（12）在 SQL 语言中，用于对查询结果计数的函数是_____【12】_____。

（13）在 SQL 的 SELECT 查询中，使用_____【13】_____关键词消除查询结果中的重复记录。

（14）为"学生"表的"年龄"字段增加有效性规则"年龄必须在 18～45 岁之间"的 SQL 语句是 ALTER TABLE 学生 ALTER 年龄_____【14】_____年龄<=45 AND 年龄>=18。

（15）使用 SQL Select 语句进行分组查询时，有时要求分组满足某个条件时才查询，这时可以用_____【15】_____子句来限定分组。

8.6 2010 年 3 月笔试试卷参考答案

一、选择题

（1） C （2） D （3） C （4） A （5） D
（6） B （7） C （8） D （9） C （10） D
（11） B （12） A （13） D （14） D （15） D
（16） B （17） B （18） B （19） B （20） C
（21） B （22） C （23） B （24） D （25） B
（26） C （27） A （28） C （29） B （30） B
（31） C （32） A （33） D （34） B （35） D

二、填空题

（1） A，B，C，D，E，F，5，4，3，2，1
（2） 15
（3） EDBGHFCA
（4） 程序
（5） 课号
（6） 实体
（7） do　queryone.qpr
（8） EMP.fpt
（9） 域
（10） 多对一
（11） 关系（或二维表）
（12） COUNT( )
（13） DISTINCT
（14） CHECK
（15） HAVING

8.7 2010 年 9 月计算机等级考试二级 VF 笔试试题

一、选择题（每小题 2 分，共 70 分）

下列各题 A、B、C、D 四个选项中，只有一个选项是正确的。请将正确选项填涂在答题卡相应位置上，答在试卷上不得分。

（1）下列叙述正确的是（　　　）。

A. 线性表的链式存储结构与顺序存储结构所需要的存储空间是相同的

B. 线性表的链式存储结构所需要的存储空间一般多于顺序存储结构

C. 线性表的链式存储结构所需要的存储空间一般少于顺序存储结构

D. 上述三种说法都不对

（2）下列叙述正确的是（　　）。

    A．在栈中，栈中元素随栈底指针与栈顶指针的变化而动态变化

    B．在栈中，栈顶指针不变，栈中元素随栈底指针的变化而动态变化

    C．在栈中，栈底指针不变，栈中元素随栈顶指针的变化而动态变化

    D．上述三种说法都不对

（3）软件测试的目的是（　　）。

    A．评估软件可靠性   B．发现并改正程序中的错误

    C．改正程序中的错误   D．发现程序中的错误

（4）下面描述不属于软件危机表现的是（　　）。

    A．软件过程不规范   B．软件开发生产率低

    C．软件质量难以控制   D．软件成本不断提高

（5）软件生命周期是指（　　）。

    A．软件产品从提出、实现、使用维护到停止使用退役的过程

    B．软件从需求分析、设计、实现到测试完成的过程

    C．软件的开发过程

    D．软件的运行维护过程

（6）在面向对象方法中，继承是指（　　）。

    A．一组对象所具有的相似性质

    B．一个对象具有另一个对象的性质

    C．各对象之间的共同性质

    D．类之间共享属性和操作的机制

（7）层次型、网状型和关系型数据库的划分原则是（　　）。

    A．记录长度一   B．文件的大小

    C．联系的复杂程度   D．数据之间的联系方式

（8）一个工作人员可以使用多台计算机，而一台计算机可被多个人使用，则实体工作人员、与实体计算机之间的联系是（　　）。

    A．一对一   B．一对多   C．多对多   D．多对一

（9）数据库设计中反映用户对数据要求的模式是（　　）。

    A．内模式   B．概念模式   C．外模式   D．设计模式

（10）有三个关系 R、S 和 T 如下：

R		
A	B	C
a	1	2
b	2	1
c	3	1

S	
A	D
c	4

T			
A	B	C	D
c	3	1	4

则由关系 R 和 S 得到关系 T 的操作是（　　）。

    A．自然连接   B．交   C．投影   D．并

（11）在 Visual FoxPro 中，要想将日期型或日期时间型数据中的年份用 4 位数字显示，应当使用一设置命令（　　）。

    A．SET CENTURY ON   B．SET CENTURY TO 4

    C．SET YEAR TO 4   D．SET YAER TO yyyy

（12）设 A=[6*8-2]、B=6*8-2，C="6*8-2"，属于合法表达式的是（　　）。

    A．A+B   B．B+C   C．A-C   D．C-B

（13）假设在数据库表的表设计器中，字符型字段"性别"已被选中，正确的有效性规则设置是（　　）。

    A．＝"男" .OR. "女"   B．性别="男" .oR. "女"

    C．$'' "男女"   D．性别"男女 "

（14）在当前打开的表中，显示"书名"以"计算机"打头的所有图书，正确的命令是（　　）。

    A．list for 书名＝"计算*"   B．list for 书名="计算机"

    C．list for 书名＝"计算%"   D．list where 书名＝"计算机"

（15）连续执行以下命令，最后一条命令的输出结果是（　　）。

```
SET EXACT OFF
a="北京"
b=(a="北京交通")
? b
```

    A．北京   B．北京交通   C．.F.   D．出错

（16）设 x="123"，y=123，k="y"，表达式 x+&k 的值是（　　）。

    A．123123   B．246   C．123y   D．数据类型不匹配

（17）运算结果不是 2010 的表达式是（　　）。

    A．int（2010.9）   B．round（2010.1，0）

    C．ceiling（2010.1）   D．floor（2010.9）

（18）在建立表间一对多的永久联系时，主表的索引类型必须是（　　）。

    A．主索引或候选索引

    B．主索引、候选索引或唯一索引

    C．主索引、候选索引、唯一索引或普通索引

    D．可以不建立索引

（19）在表设计器中设置的索引包含在（　　）。

    A．独立索引文件中   B．唯一索引文件中

    C．结构复合索引文件中   D．非结构复合索引文件中

（20）假设表"学生.dbf"已在某个工作区打开，且取别名为 student。选择"学生"表所在工作区为当前工作区的命令是（　　）。

    A．SELECT 0   B．USE 学生   C．SELECT 学生   D．SELECT student

（21）删除视图 myview 的命令是（　　）。

    A．DELETE myview   B．DELETE VIEW myview

    C．DROP VIEW myview   D．REMOVE VIEW myview

（22）下列关于列表框和组合框的陈述，正确的是（　　　）。

　　　　A．列表框可以设置成多重选择，而组合框不能

　　　　B．组合框可以设置成多重选择，而列表框不能

　　　　C．列表框和组合框都可以设置成多重选择

　　　　D．列表框和组合框都不能设置成多重选择

（23）在表单设计器环境中，为表单添加一选项按钮组：〇男⊙女。默认情况下，第一个选项按钮"男"为选中状态，此时该选项按钮组的 Value 属性值为（　　　）。

　　　　A．0　　　　　　B．1　　　　　　　C．"男"　　　　　　D．.T.

（24）在 Visual FoxPro 中，属于命令按钮属性的是（　　　）。

　　　　A．Parent　　　B．This　　　　　C．ThisForm　　　D．Click

（25）在 Visual FoxPro 中，可视类库文件的扩展名是（　　　）。

　　　　A．.dbf　　　　B．.scx　　　　　C．.vcx　　　　　D．.dbc

（26）为了在报表中打印当前时间，应该在适当区域插入一个（　　　）。

　　　　A．标签控件　　B．文本框　　　　C．表达式　　　　D．域控件

（27）在菜单设计中，可以在定义菜单名称时为菜单项指定一个访问键。指定访问键为 x 的菜单项名称定义是（　　　）。

　　　　A．综合查询（\\>X）　　　　　　　B．综合查询（/>x）

　　　　C．综合查询（\\>x）　　　　　　　D．综合查询（/<X）

（28）假设新建了一个程序文件 myProc.prg（不存在同名的.exe，.app 和.fxp 文件），然后在命令窗口输入命令 DO myProc，执行该程序并获得正常的结果。现在用命令 ERASE myProc.prg 删除该程序文件，然后再次执行命令 DO myProc，产生的结果是（　　　）。

　　　　A．出错（找不到文件）

　　　　B．与第一次执行的结果相同

　　　　C．系统打开"运行"对话框，要求指定文件

　　　　D．以上都不对

（29）下列关于视图描述错误的是（　　　）。

　　　　A．只有在数据库中可以建立视图　　B．视图定义保存在视图文件中

　　　　C．从用户查询的角度视图和表一样　　D．视图物理上不包括数据

（30）关闭释放表单的方法是（　　　）。

　　　　A．shut　　　　B．closeForm　　　C．release　　　　D．close

（31）～（35）题使用如下数据表：

学生.DBF：学号（C，8），姓名（C，6），性别（C，2）

选课.DBF：学号（C，8），课程号（C，3），成绩（N，3）

（31）从"选课"表中检索成绩大于等于 60 并且小于 90 的记录信息，正确的 SQL 命令是（　　　）。

　　　　A．SELECT*FROM 选课 WHERE 成绩 BETWEEN 60 AND 89

　　　　B．SELECT*FROM 选课 WHERE 成绩 BETWEEN 60 TO 89

　　　　C．SELECT*FROM 选课 WHERE 成绩 BETWEEN 60 AND 90

　　　　D．SELECT*FROM 选课 WHERE 成绩 BETWEEN 60 TO 90

（32）检索还未确定成绩的学生选课信息，正确的 SQL 命令是（　　）。

  A．SELECT 学生.学号，姓名，选课.课程号 FROM 学生 JOIN 选课

   WHERE 学生.学号=选课.学号 AND 选课.成绩 IS NULL

  B．SELECT 学生.学号，姓名，选课.课程号 FROM 学生 JOIN 选课

   WHERE 学生.学号＝选课.学号 AND 选课.成绩=NULL

  C．SELECT 学生.学号，姓名，选课.课程号 FROM 学生 JOIN 选课

   ON 学生.学号＝选课.学号 WHERE 选课.成绩 IS NULL

  D．SELECT 学生.学号，姓名，选课.课程号 FROM 学生 JOIN 选课

   ON 学生.学号=选课.学号 WHERE 选课.成绩=NULL

（33）假设所有的选课成绩都已确定。显示 101 号课程成绩中最高的 10% 记录信息，正确的 SQL 命令是（　　）。

  A．SELECT*TOP 10 FROM 选课 ORDER BY 成绩 WHERE 课程号= "101"

  B．SELECT*PERCENT 10 FROM 选课 ORDER BY 成绩 DESC

   WHERE 课程号="101"

  C．SELECT*TOP 10 PERCENT FROM 选课 ORDER BY 成绩

   WHERE 课程号="101"

  D．SELECT*TOP 10 PERCENT FROM 选课 ORDER BY 成绩 DESC

   WHERE 课程号="101"

（34）假设所有学生都已选课，所有的选课成绩都已确定。检索所有选课成绩都在 90 分以上（含）的学生信息，正确的 SQL 命令是（　　）。

  A．SELECT*FROM 学生 WHERE 学号 IN（SELECT 学号 FROM 选课 WHERE 成绩>=90）

  B．SELECT*FROM 学生 WHERE 学号 NOT IN（SELECT 学号 FROM 选课

  C．SELECT FROM 学生 WHERE 学号!=ANY

   （SELECT 学号 FROM 选课 WHERE 成绩<90）

  D．SELECT*FROM 学生 WHERE 学号一 ANY（SELECT 学号 FROM 选课 WHERE

   成绩>=90）

（35）为"选课"表增加一个"等级"字段，其类型为 C、宽度为 2，正确的 SQL 命令是（　　）。

  A．ALTER TABLE 选课 ADD FIELD 等级 C（2）

  B．ALTER TABLE 选课 ALTER FIELD 等级 C（2）

  C．ALTER TABLE 选课 ADD 等级 C（2）

  D．ALTER TABLE 选课 ALTER 等级 C（2）

二、填空题（每空 2 分，共 30 分）

请将每一个空的正确答案写在答题卡　　【1】　　～　　【15】　　序号的横线上，答在试卷上不得分。注意：以命令关键字填空的必须拼写完整。

（1）一个栈的初始状态为空。首先将元素 5，4，3，2，1 依次入栈，然后退栈一次，再将元素 A，B，C，D 依次入栈，之后将所有元素全部退栈，则所有元素退栈（包括中间退栈的元素）的顺序为　　【1】　　。

（2）在长度为 *n* 的线性表中，寻找最大项至少需要比较___【2】___次。

（3）一棵二叉树有 10 个度为 1 的结点，7 个度为 2 的结点，则该二叉树共有___【3】___个结点。

（4）仅由顺序、选择（分支）和重复（循环）结构构成的程序是___【4】___程序。

（5）数据库设计的四个阶段是需求分析、概念设计、逻辑设计和___【5】___。

（6）Visual FoxPro 索引文件不改变表中记录的___【6】___顺序。

（7）表达式 score<=100 AND score>=0 的数据类型是___【7】___。

（8）

```
A=10
B=20
?iF(A>B,"A 大于 B","A 不大于 B")
```

执行上述程序段，显示的结果是___【8】___。

（9）参照完整性规则包括更新规则、删除规则和___【9】___规则。

（10）如果在文本框中只能输入数字和正负号，则需要设置文本框的___【10】___属性。

（11）在 SQL Select 语句中使用 Group By 进行分组查询时，如果要求分组满足指定条件，则需要使用___【11】___子句来限定分组。

（12）预览报表 myreport 的命令是 REPORT FORM myreport___【12】___。

（13）将"学生"表中学号左 4 位为"2010"的记录存储到新表 new 中的命令是 SELECT*FROM 学生 WHERE___【13】___="2010"___【14】___DBF new。

（14）将"学生"表中的学号字段的宽度由原来的 10 改为 12（字符型），应使用的命令是 ALTER TABLE 学生___【15】___。

8.8　2010 年 9 月笔试试卷参考答案

一、选择题

（1）	B	（2）	C	（3）	D	（4）	D	（5）	A
（6）	D	（7）	D	（8）	C	（9）	C	（10）	A
（11）	A	（12）	C	（13）	C	（14）	A	（15）	C
（16）	D	（17）	C	（18）	A	（19）	C	（20）	D
（21）	C	（22）	A	（23）	B	（24）	D	（25）	C
（26）	D	（27）	C	（28）	B	（29）	B	（30）	C
（31）	D	（32）	C	（33）	D	（34）	C	（35）	C

二、填空题

（1）1，D，C，B，A，2，3，4，5

（2）*n*

（3）25

（4）结构化

（5）物理设计

（6）物理

（7）逻辑性

（8）A 不大于 B

（9）插入

（10）Inputmask

（11）Having

（12）Preview

（13）Left（学号，4）或者 substr（学号，1，4）

（14）alter 学号　C（12）

第二部分

上 机 指 导

实验 1

VFP 软件与项目管理器

[实验目的]

1. 了解 VFP 的安装过程及其运行环境。
2. 熟练掌握 VFP 的启动与退出方法。
3. 熟悉 VFP 的用户界面、菜单及工具栏。
4. 掌握项目管理器的使用方法。

[实验学时]

2 学时。

[实验内容]

实验 1.1　Visual FoxPro 的安装

将光盘插入，双击光盘图标，打开光盘窗口，再双击 SETUP.EXE，根据安装向导的提示安装 VFP 6.0。

实验 1.2　Visual FoxPro 的启动与退出

1. 启动的方法。

（1）选择"开始"→"程序"中 Visual FoxPro 6.0 中的相关菜单项。

（2）选择"开始"→"运行"选项，然后在"运行"对话框的"打开"编辑框中输入 VFP 6.0。

（3）在资源管理器中双击项目文件。

2. 退出的方法。

（1）在命令窗口中执行命令 QUIT。

（2）选择系统菜单的"文件"→"退出"菜单项。

（3）单击系统主窗口右上角的"关闭"按钮。

3. 熟悉 VFP 6.0 的用户界面。

（1）VFP 6.0 主窗口的组成。

熟悉 VFP 6.0 主窗口的标题栏、菜单栏、工具栏、状态栏、主窗口工作区、命令窗口等组成成分，如图 1-1 所示。

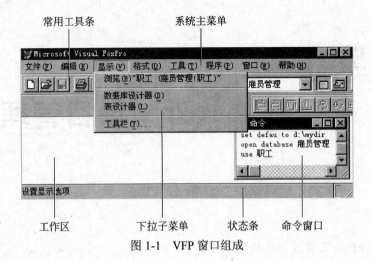

图 1-1　VFP 窗口组成

（2）熟悉菜单栏。

① 观察菜单栏的 8 个菜单。

② 在命令窗口输入：CREATE PROJECT（按 Enter 键）（大小写均可）。

在弹出的创建对话框上，单击"保存"按钮，打开"项目管理器"窗口，观察菜单栏的变化，此即为动态菜单。

（3）菜单命令的选择。

分别通过单击访问键、快捷键等选取菜单命令的方法选取"新建"、"打开"等系统菜单命令。

（4）调用快捷菜单。

在"工具栏"上右击，观察弹出的快捷菜单。

（5）熟悉工具栏。

① 观察 VFP 6.0 主窗口的工具栏，用鼠标指针指向每一个工具按钮，稍作停留，观察工具提示，了解每一个工具按钮的名称和作用。

② 选择"显示"菜单中的"工具栏"命令，弹出"工具栏"对话框，了解系统工具栏的数量，练习调出一个或多个工具栏；再练习隐藏一个或多个工具栏。

③ 利用"工具栏"对话框，分别选中和取消选中"彩色按钮"、"大按钮"、"工具提示"可选项，进行工具栏的显示方式的设置，观察设置效果。

④ 用工具栏快捷菜单，调出或隐藏某一或多个"工具栏"。

⑤ 打开"工具栏"对话框练习系统工具栏的"定置"和"重置"。

⑥ 打开"工具栏"对话框练习"新建"自定义工具栏以及删除自定义的工具栏。

⑦ 用鼠标指向某一已显示的工具栏的空白区域，拖动该工具栏，改变工具栏的显示状态。

（6）命令窗口的隐藏和显示。

① 单击主窗口内的命令窗口右上角的"关闭"按钮，或选择"窗口"菜单的"隐藏（H）"命令项，均可隐藏命令窗口。

② 打开"窗口"菜单，选择"命令窗口（C）"命令，"命令窗口"显示在主窗口内。

4. 熟悉 VFP 的文件操作。

（1）创建新文件练习。

① 选择"文件/新建"菜单命令，或单击"新建"按钮，或使用热键 Alt+Fn，或使用

快捷键 Ctrl+N，打开"新建"对话框。

② 在对话框中选中"文本文件"，再单击"新建文件"按钮，弹出文本编辑窗口。

③ 在该窗口内输入如下内容：Visual FoxPro 6.0 是一种数据库管理系统，它提供面向对象的、功能强大的应用程序开发环境。

④ 单击该窗口右上角的"关闭"按钮，弹出"提示信息"对话框。

⑤ 在"提示信息"框中单击"是(Y)"按钮，弹出"另存为"对话框。

⑥ 同其他软件一样，利用"另存为"对话框可以选择已编辑的文件的存放类型、存放位置、输入文件名，单击"保存(S)"按钮即可将该文件存盘。

（2）打开已有文件。

① 选择系统菜单的"文件/打开"菜单命令，或单击系统常用工具栏的"打开"按钮，或使用快捷键 Ctrl+O，打开"打开"对话框。

② 在对话框中的"文件类型(T)"下拉列表框中选取欲打开的文件的类型，如"文本"；在搜寻下拉框中选取文件的存放位置；在"文件名列表"框中单击欲打开的文件的文件名；单击"确定"按钮，即可打开相应文件，弹出相应的编辑窗口。

（3）单击"保存"与"另存为"按钮练习保存方式。

实验 1.3   创建项目

创建项目的具体操作如下。

1．建立项目：从"文件"菜单选择"新建"命令，选中"项目"选项，单击"新建文件"，在"创建"对话框中选择文件保存路径，改写文件名为 xxx（自己名字），单击"确定"按钮后，项目管理器被打开。在保存的磁盘上出现 xxx.PJX，如图 1-2 所示。

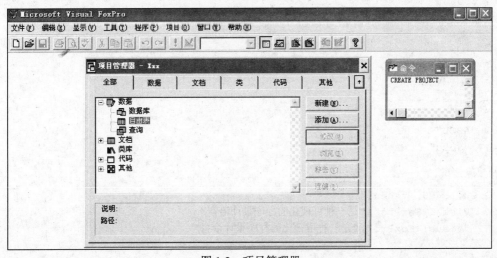

图 1-2   项目管理器

2．添加数据表：展开"数据"菜单项，选定"自由表"选项，再单击"添加"按钮，选择一个数据表。

3．移出表：选定一张表，单击"移去"按钮，在弹出的对话框中单击"移去"按钮。

实验 2

数据类型与变量

[实验目的]

1. 掌握常量、变量的意义及其使用方法。
2. 掌握运算符及其表达式的使用方法。
3. 了解数组的概念并掌握数组的基本操作。

[实验学时]

2 学时。

[实验内容]

实验 2.1 输出命令? /? ?

在 VFP 命令窗口输入以下命令，观察 VFP 主窗口内的输出结果，并进行对比。

①

```
? 35000
?1E10
```

②

```
? "ABCD"
? "abcd"
```

③

```
? "ABCD"
?? "abcd"
```

④

```
? 28, -400, "AnHui"
? "Visual FoxPro","是一种可视化的程序设计语言"
?? "Visual FoxPro","是一种可视化的程序设计语言"
```

实验 2.2 变量的基本操作

1. 变量的值的变化规律练习。

在命令窗口依次输入下列命令，分析输出结果，了解变量内容（值）的变化。

```
a=2
? a
a=4
? a
a=2*a
? a
```

2. 赋值命令使用练习。

（1）在 VFP 命令窗口分别输入下列命令，判断各变量的数据类型，并用"？"命令检查变量 *a*、*b*、*c* 的值。

```
STORE 10 TO a,b,c
STORE "Visual FoxPro" To a,b,c
STORE .T. TO a,b,c
STORE {^2003/08/04} TO a,b,c
STORE $31.25 TO a,b,c
```

（2）在 VFP 命令窗口分别输入下列命令，判断各变量的数据类型，然后分别使用 LIST MEMORY 和 DISPLAY MEMORY 显示各变量的信息。

```
STORE 1.50 TO a,b,c
d="Visual FoxPro,是一种可视化编程工具"
e=.F.
f={^2003/08/04 17:40:35 pm}
g={^2003/08/04}
```

（3）在 VFP 命令窗口输入清除内存变量的命令，然后分别使用 LIST MEMORY 和 DISPLAY MEMORY 观察输出效果，并体会两种命令的差别。

（4）对上述变量进行保存（SAVE TO）和恢复（RESTORE FROM）操作，并观察显示结果。

实验 2.3　表达式的基本操作

1. 先手工计算下列各字符串表达式的值，然后用 VFP 命令计算并在主窗口内输出各表达式的值。

```
39%4
35.35%3.2
15-39%9^2/3^2+6.2/2.6%2
50%(1-3^2)
```

2. 先根据字符串运算符的运算规则，确定下列各字符串表达式的运算结果，然后用 VFP 命令计算并在主窗口内输出各表达式的值。

```
"Visual FoxPro"+"是一种可视化编程工具"
"I "+"am "+"a student!"
"I"-"am "-"a student!"
"abc"="abc d"
```

```
"abc"= ="abc d"
"abc"$"abc d"
"ef"$"abc d"
```

3．根据关系运算符的运算规则，确定下列各关系表达式的运算结果，然后用 VFP 命令计算并在主窗口内输出各表达式的值。

```
34>30
45>54
12>=12
23<=23
12<>12
50%(1-3^2)=15-39%9^2/3^2+6.2/2.6%2
```

4．根据逻辑运算符的运算规则，确定下列各逻辑表达式的运算结果，然后用 VFP 命令计算并在主窗口内输出各表达式的值。

```
.F. AND .T.
.NOT. .F. .AND..T.
.NOT. .F. .AND..T..OR..F.
3>4 .AND.4<5
3>4 .OR.R<5
"ABC"="AB".AND."CD"<>"AB"
```

5．将下列式子写成 Visual FoxPro 的合法表达式。

（1）$[(X-3Y) \div (5-Z)] \times Y$。

（2）$X > 100$ 或 $X \leqslant 0$。

（3）$50 < Y < 800$。

6．求以下表达式的运算结果。

（1）(-2)^3*2

（2）3^3-5%-3

（3）"Visual"-"Foxpro"+"程序设计"

（4）"sua"$"Visual"

（5）"A"+"B">"C".AND..NOT.5>3.OR.DTOC(01/01/98)-1>DTOC(01/01/98)

（6）"are"$"SHARE".OR.5%3.AND. "李"<"王"

7．设 YY={^2006/08/17}，ZZ={^2007/11/03 10:15:34}，求下列表达式的值。

（1）YY+30

（2）{^2006/10/08}-YY

（3）ZZ-30

（4）ZZ-{^2007/11/03 10:14:34}

8．设 NA="李平"，SE="女"，OL=26，DE="计算机系"，BR={^1976/09/21}求以下表达式的值。

（1）"学生："+ NA +" "+ DE

（2）NA-"是"+SE+"教师"

（3）OL>20.AND.SE<>"女".OR..NOT.BR>{^2000/08/06}

（4）OL+2>30.AND.BR<{^1980/12/31}.OR. NA="李"

实验 2.4 数组变量

1．要求学生通过练习，掌握数组的定义与赋值的两种方法。在命令窗口中依次输入如下语句。

```
DIME A(4),B(2,3)
LIST MEMO LIKE *
A(1)="吴大海"
A(2)=34
A(3)=.T.
A(4)={^2005-12-15}
B="外科"
STORE "神经内科" TO B(1,1), B(2,1)
B(1,2)="脑动脉管壁血栓"
B(6)="半月板骨折"
LIST MEMO LIKE A*
LIST MEMO LIKE B*
```

2．要求学生通过练习，掌握数组引用的方法和技巧，达到熟练灵活地运用数组来解决实际问题的目的。在命令窗口依次输入如下语句。

```
CLEAR MEMORY
DIME X(3,3)
X(1,1)=1
X(1,2)=X(1,1)+1
X(1,3)=X(1,2)+1
X(2,1)=x(1,1)*2
X(2,2)=x(1,2)*2
X(2,3)=x(1,3)*2
X(3,1)=x(2,1)*2
X(3,2)=x(2,2)*2
X(3,3)=x(2,3)*2
?X(1),X(2),X(3)
?X(4),X(5),X(6)
?X(7),X(8),X(9)
HE=X(1)+X(2)+X(3)+X(4)+X(5)+X(6)+X(7)+X(8)+X(9)
?"数组 X 中所有元素的和等于：",HE
```

3．在命令窗口中输入以下命令，查看主窗口的显示。

```
Dimension  a(3),a1(2,3)    &&定义数组
Disp  memo  like  a*
Store  56    to  a
Disp  memo   like  a*
Store "23"  to a1(1,2),a1(2,2)
Disp memo  like  a*
? a,a1(2,3),a1(1,3),a(2)
```

实验 3

函数

[实验目的]

1. 掌握常用函数的意义。
2. 熟悉函数值的类型、函数名、函数值。

[实验学时]

2 学时。

[实验内容]

实验 3.1　数学函数

```
? ABS (-599)? EXP(1)? INT(19.6)
? LOG(15)? MOD(14.1,-5)? RAND()
? SIGN(-6)? SQRT(16)? ROUND(215.567,2)
```

实验 3.2　字符处理函数

```
? LEFT("中华人民共和国",4)? RIGHT("中华人民共和国",6)
? AT("人民","中华人民共和国")? LEN(SPACE(12)+"******")
? SUBSTR("北京2008年奥运会",5,6)? LOWER("CHINA")
? UPPER("china")? ALLTRIM("Visual FoxPro")
? LTRIM("北京")? RTRIM("北京")? REPLICATE("$",3)
? STUFF("中国长沙",5,0,"湖南")
```

实验 3.3　日期时间函数

```
? DATE(),TIME(),CDOW({^2007/03/05}),CMOTH({^2007/03/05})
? YEAR({^2007/03/05}),MONTH({^2007/03/05}),WEEK({^2007/03/05})
? DAY({^2007/03/05}),HOUR(),MINUTE(),SEC()
```

实验 3.4 类型转换函数

```
? DTOT({^2007/03/05}),TTOD({^2007/03/05 08:25:30 AM}})
? ASC("AB"), CHR(65), CTOD("{^2002/05/23}"), DTOC(DATE())
? VAL("123.45"),STR(1234.56,9,2)
```

实验 3.5 测试函数

1. 有如下代码：

```
a=DATE()
a=NUll
?VARTYPE($385),VARTYPE([FoxPro]),VARTYPE(a,T.),VARTYPE(a)
```

输出为：

```
Y C D X
```

2. 有如下代码：

```
gz=375
- BETWEEN(gz,260,650)
```

3. 有如下代码：

```
xb="女"
?IIF(xB=[男],1,IIF(Xb=[女],2,3))
```

4. 假设有数据库表成绩.dbf，表中共有 23 条记录，在命令窗口执行如下命令序列，请写出每个问号行的输出结果。

```
USE 成绩.dbf
  Go  top
    ?RECNO(),EOF()
    SKIP -1
    ?RECNO(),EOF()
    GO BOTTOM
    ?EOF()
    SKIP
    ?RECNO(),EOF()
```

实验 3.6 函数综合实验

1. 求出下列三组函数的值，并分析和比较相同函数求值的变化。

（1）MOD(10,3), MOD(10,-3), MOD(-10,-3)

（2）AT("inf ", "information"), AT("INF", "information")

（3）DTOC(DATE()), DTOC(DATE(),1)

2．执行下列命令，写出输出结果。

（1）

```
X=54.67
M=ROUND(X,1)
N=INT(X)/9
P=MOD(N,5)
?M,N,P
```

（2）

```
Y="你好吗？"
Z="大家都在"
STORE  SPACE(3)+Y+SPACE(2)  TO  AB
?LEFT(Y,2)+SUBSTR(Z,3,2)+RIGHT(Y,4)
?LEN(AB),LEN(TRIM(AB)),LEN(RTRIM(AB)),LEN(ALLTRIM(AB))
?STUF(Y,3,2, "在家")
```

（3）

```
RQ={^1988/03/15}
? "日期是："+STR(YEAR(RQ),4)+ "年"+STR(MONTH(RQ),2)+ "月";
+ STR(DAY(RQ),2)+ "日"
```

（4）

```
VP1="奔腾"
VP2=STR(586.45,3)
?VAL(VP2)+10
? "VP1&VP2",2*&VP2,&VP2.5/100
```

（5）

```
X1={^2006/04/18 10:20:16}
X2="34ab21"
?VARTYPE(YEAR(X1)),VARTYPE(HOUR(X1)),VARTYPE(VAL(X2))
?VARTYPE(DATETIME()-X1)
```

3．假设有数据库表学生.dbf，表中共有 10 条记录，在命令窗口执行如下命令序列，请写出每个问号行的输出结果。

```
USE 学生.dbf
?RECNO(),EOF()
SKIP -1
?RECNO(),EOF()
GO BOTTOM
?EOF()
SKIP
?RECNO(),EOF()
```

4．试用函数完成下列操作。

（1）取出当前日期，并将当前日期转换成字符型，连接在字符串"今天的日期是："后显示输出。

（2）从字符串"2008 年奥运会"中分别取出字符串"2008"、"奥运会"。

（3）把字符串"北京-"，数字 2008 和字符串"-奥运会"连接起来，形成字符串"北京-2008-奥运会"。

（4）判断字符串"管理"是否包含在字符串"学生管理系统"中，并给出前者在后者中的位置。

（5）已知字符变量 NZ 的值为"236.78"，试将 NZ 的值用&替换出来，并与 3.22 相加。

（6）试将字符串"Visual"转换成大写形式。

（7）求字母 H 与字母 B 的 ASCII 码之差。

实验 4

表的建立与编辑

[实验目的]

1. 掌握自由表的建立、打开与关闭。
2. 掌握表结构的定义以及数据的输入。
3. 掌握表结构的修改。
4. 掌握表记录的显示和表文件的复制。

[实验学时]

2 学时。

[实验内容]

实验 4.1 创建表

（1）创建学生表，其结构如表 4-1 所示，表记录如表 4-2 所示。

表 4-1 学生表结构

（2）创建课程表，其结构如表 4-3 所示，表记录如表 4-4 所示。

（3）创建成绩表，其结构如表 4-5 所示，表记录如表 4-6 所示。

表 4-2　学生表数据

学号	姓名	性别	系名	出生日期	照片	备注
08101001	刘志闻	男	中文	12/08/83	gen	memo
08101002	李文	女	中文	04/05/85	gen	memo
08101003	张红进	男	中文	06/04/84	gen	memo
08102001	罗丹	女	外文	09/12/85	gen	memo
08102002	马静	女	外文	11/25/84	gen	memo
08201001	王红文	男	经济管理	10/14/83	gen	memo
08201002	赵进松	男	经济管理	09/13/84	gen	memo
08202001	钱云	女	计算机	07/06/82	gen	memo
08202002	刘风雨	男	计算机	04/03/84	gen	memo
08202003	孙立鸿	男	计算机	11/09/84	gen	memo

表 4-3　课程表结构

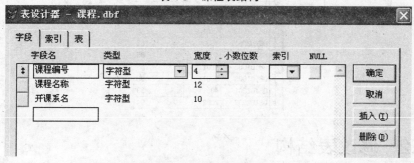

表 4-4　课程表数据

课程编号	课程名称	开课系名
1001	普通话	中文
1002	新闻学	中文
2001	英语	外文
2002	法语	外文
2003	德语	外文
3001	公商管理	经济管理
3002	电子商务	经济管理
4001	计算机网络	计算机
4002	图形图象设计	计算机

表 4-5　成绩表结构

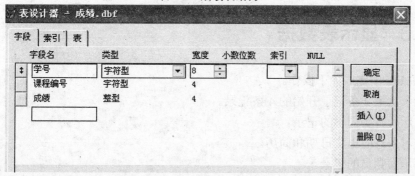

表 4-6　成绩表数据

成绩		
学号	课程编号	成绩
08101001	1001	88
08101002	1001	81
08101003	1001	71
08102001	1001	50
08101002	1002	63
08102001	1002	95
08102002	1002	75
08101003	1002	97
08201001	1001	69
08201002	3001	62
08202001	2001	84
08202002	4001	93
08202003	2001	41
08201001	4001	73
08202001	4001	79
08101002	3002	81
08101003	2001	66
08202001	4002	85
08202003	4002	85
08101001	4001	66
08101003	3001	90
08102001	4001	33
08102002	2002	94

实验 4.2　修改表结构

将学生表中的"备注"字段修改为"简历"，增加"是否党员"字段，类型为 L，修改后的数据如表 4-7 所示。

表 4-7　学生表数据

记录号	学号	姓名	性别	系名	出生日期	是否党员	照片	简历
1	08101001	刘志闻	男	中文	12/08/83	.T.	gen	memo
2	08101002	李文	女	中文	04/05/85	.F.	gen	memo
3	08101003	张红进	男	中文	06/04/84	.T.	gen	memo
4	08102001	罗丹	女	外文	09/12/85	.T.	gen	memo
5	08102002	马静	女	外文	11/25/84	.F.	gen	memo
6	08201001	王红文	男	经济管理	10/14/83	.T.	gen	memo
7	08201002	赵进松	男	经济管理	09/13/84	.T.	gen	memo
8	08202001	钱云	女	计算机	07/06/82	.T.	gen	memo
9	08202002	刘凤雨	男	计算机	04/03/84	.F.	gen	memo
10	08202003	孙立鸿	男	计算机	11/09/85	.F.	gen	memo

实验 4.3　显示表数据

在学生.dbf 中完成如下操作。

1. 显示从第 2 条记录开始的 4 条记录。

2. 显示所有男同学的记录。

3. 显示罗丹的出生日期和简历。

4. 显示女党员的记录。

5. 显示年龄为 21 岁的学生的学号、姓名。

6. 显示从第 5 条记录开始到最后一条记录中男生的姓名、出生日期。

7. 在浏览窗口中显示所有记录。

8. 在浏览窗口中显示成绩在 90 分以上学生的学号。

实验 4.4　表的复制

1. 将学生表原样复制为表 **student**。

```
Copy   to   student
```

2. 将学生表中党员的学号、姓名、出生日期复制到党员表中。

```
Copy  to  党员  fields 学号,姓名,出生日期   for   是否为党员
```

3. 将成绩表的结构复制到表 **cjfz** 中。

```
Copy   stru   to   cjfz
```

实验 5

数据的维护

[实验目的]

1. 掌握数据表结构的修改方法,以及表记录的追加、修改与编辑。
2. 掌握数据表记录的删除与恢复方法,区分逻辑删除与物理删除的差别。
3. 掌握数据表与数组间的数据交换和数据表的复制方法。

[实验学时]

2 学时。

[实验内容]

实验 5.1 数据的维护命令

1. 记录浏览命令 BROWSE。
2. 数据记录显示 LIST|DISP。
3. 数据插入记录 INSERT [blank][before]。
4. 数据记录追加 APPEND [blank]。
5. 数据记录逻辑删除 DELETE。
6. 数据记录物理删除 PACK。
7. 数据记录一次删除(清库,不删除库结构) ZAP。
8. 成批修改(替换)数据 REPLACE。

例1 程序分析。

```
select 1
use 学生
browse fields 学号,姓名,系名 freeze 学号
insert into 学生(学号,姓名)values ('001', '张三')
delete for recn()<13
pack
list
```

例2 程序分析——成批修改数据。

```
select 1
use 成绩
```

```
replace all 总分 with 成绩*3
list
```

实验 5.2　记录定位

1. 绝对定位　**GO|GOTO　n**　（n 为大于零的正整数）。
2. 相对定位　**SKIP　n**　（n>0，指针向尾记录处移动，n<0，指针向尾记录处移动。
3. 条件定位　**LOCATE　FOR <条件>**。

实验内容以学生表为对象，并且假设表中共有 10 条记录。

```
Use  学生
? RECNO()
LIST
?RECNO(),EOF()
GO  TOP
?RECNO(),BOF()
GO  BOTTOM
?RECNO(),EOF()
SKIP
? ?RECNO(),EOF()
GO  3
?RECNO()
SKIP  2
?RECNO()
DISP  NEXT  3
?RECNO()
LOCATE  FOR  性别="男"
? RECNO()
GO  TOP
LOCATE  WHILE  性别="女"
? RECNO()
GO  TOP
 DELE  ALL
PACK
?RECNO(),EOF(),BOF()
USE
```

实验 6

索引、查询与统计

[实验目的]

1. 掌握数据表排序的意义和方法。
2. 掌握数据表索引的类型、意义和方法。
3. 掌握顺序和索引查询。
4. 熟悉数据统计的方法及命令。
5. 掌握完整性的设置方法、数据表建立永久关系和参照完整性。
6. 了解逻辑排序与物理排序。

[实验学时]

2 学时。

[实验内容]

实验 6.1　逻辑表的设置

1. 逻辑表的使用。

（1）过滤器指对记录进行筛选的设置。命令：

SET FILTER TO

（2）字段表

指对字段进行筛选的设置操作。命令：

SET FIELDS TO

2. 菜单法设置逻辑表。

设置步骤如下。

（1）打开表。

（2）选择"显示"菜单下的"浏览"选项，进入浏览窗口，选择"表"菜单中的"属性"选项，进入"工作区属性"窗口。

（3）选择"数据过滤器"文本框，输入记录的筛选条件。

（4）单击"字段筛选"按钮，进入"字段选择器"窗口，设置完成单击"确定"按钮退出。

实验 6.2　表的排序

1. 物理排序：SORT　ON　关键字　TO　文件名。

```
USE   学生
LIST
SORT  ON  出生日期  TO  学生日期
SORT   ON  性别,出生日期   TO   学生性别日期
USE  学生日期
LIST
USE
```

2. 逻辑排序：INDEX　ON　关键字　TAG　索引标识符。

实验 6.3　索引

索引分类：独立索引、非结构复合索引、结构复合索引。

```
USE   学生
INDEX   ON   出生日期   TAG   日期
LIST
INDEX   ON   性别+DTOC(出生日期)  TAG   性别日期
LIST
USE
```

实验 6.4　记录查询

1. 顺序查询：按表记录的物理位置逐次逐个查询。

```
LOCATE
```

2. 索引查询：按表记录的逻辑位置进行查询，要求被查询表文件建立并打开索引。

```
FIND、SEEK
```

例1　程序分析——查询。

```
use 学生
locate all for 姓名='李文'
display
index on 姓名 tag xm
find 马静
display
index on year(date())-year(出生日期) tag bh
seek 21
display
```

实验 6.5 统计

统计包括的命令记数 COUNT、求和 SUM、求平均值 AVERAGE、计算 CALCULATE 和汇总 TATAL 等。

1.

```
use 学生
count to rs_sum
? rs_sum
```

2.

```
use 成绩
sum 成绩 to cj_sum
average 成绩 to cj_pj
?cj_sum,cj_pj
index on 课程编号 tag KH
total on 课程编号 to kc
use  kc
list
```

实验 7

数据库建立与使用、多表操作

[实验目的]

1. 了解工作区、工作周期的基本使用方法。
2. 掌握多数据表的联结与关联的命令：JOIN、SET RELATION TO。

[实验学时]

2 学时。

[实验内容]

实验 7.1　建立数据库

建立学生管理数据库，并把学生表、成绩表、课程表添加进数据库。

1. 通过选择"文件"菜单项下的"新建"选项，指定文件类型为数据库（database），选择"新建"选项。在出现的对话框中命名为"学生管理.dbc"，单击"确定"按钮。

2. 在出现的数据库设计器窗口中右击，弹出快捷菜单，选择"添加表"选项，然后在"打开"对话框中选定白由表"学生.dbf"、"成绩.dbf"、"课程.dbf"，单击"确定"按钮，图 7-1 所示为学生管理数据库。

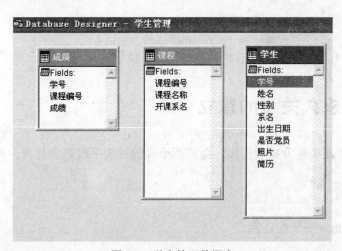

图 7-1　学生管理数据库

实验 7.2　多工作区操作

在一个工作区内同时只能打开一个表文件，系统默认使用第一工作区。命令：

```
SELECT
```

分别在 2 个工作区打开学生表、成绩表，如：

```
select 1
use 学生
select 2
use 成绩
```

实验 7.3　临时关系的建立

关联是指在两个表文件的记录指针之间建立一种临时关系，当一个表的记录指针移动时，与之关联的另一个表的记录指针也作相应的移动。命令：

```
SET RELATION TO
```

例：程序分析——表的关联。

```
select 1
use 学生
index on 学号 tag xh
select 2
use 课程
index on 课程编号 tag kch
select 3
use 成绩
set relation to 学号 into a
set relation to 课程编号 into b additive
display all fields a.姓名,b.课程名,成绩 off
```

实验 7.4　永久关系的建立

1. 表之间的连接称为物理连接，即将两个表的相关字段组合起来，构成一个新的表。命令：

```
JOIN WITH
```

例：程序分析——表的连接。

```
select 1
use 学生
```

```
select 2
use 成绩
join with A to xs_cj for 学号=a.学号
fields a.学号,a.姓名,课程编号,成绩
select 3
use xs_cj
list
```

2．建立"学生管理.dbc"中表之间的永久关系，表学生.dbf 和表成绩.dbf 之间是一对多关系，表成绩.dbf 表课程.dbf 之间是一对多关系。

操作步骤如下。

（1）分别右击每个数据库表，在弹出的快捷菜单中选择"修改"选项，出现"表设计器"窗口。

（2）对表学生.dbf 建立以学号为索引表达式的主索引；对表成绩.dbf 建立以学号为索引表达式的普通索引，建立以课程编号为索引表达式的普通索引；对表课程.dbf 建立以课程编号为索引表达式的主索引。

（3）建立永久关系。将鼠标指向"学生.dbf"表中的主索引"学号"，按下鼠标左键拖动到"成绩.dbf"表中的普通索引"学号"上，然后释放鼠标左键，这时拖动过程中出现的小方块消失，并可看到两个表之间出现了一条连接线，表示两个表间的关系已经建立。运用同样的操作步骤建立成绩.dbf 和课程.dbf 之间的联系。图 7-2 所示为建立三个表之间的永久性联系。

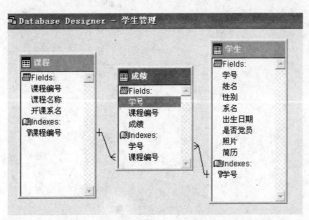

图 7-2　建立三个表之间的永久性联系

实验 7.5　参照完整性设置

为表学生和表成绩之间建立的联系指定参照完整性，其中插入规则为"限制"，更新规则和删除规则为"级联"。

在数据库设计器窗口中右击，弹出快捷菜单，选择"编辑参照完整性"选项，在"参照完整性生成器"对话框中选取父表列中的表学生，再选择"插入规则"选项卡，选择"限制"单选按钮。然后分别选择"更新规则"选项卡和"删除规则"选项卡，选择"级联"

单选按钮，最后单击"确定"按钮。

验证插入规则是否"限制"：为成绩表增加一条记录，学号为 20080033，由于学生表记录中无学号为 20080033 的学生记录，因此无法增加该记录。

验证更新规则是否"级联"：把"学生.dbf"中的学号 08101003 改为 20080105，查看成绩.dbf 中的相关记录是否随之修改了。

验证删除规则是否"级联"：删除"学生.dbf"中的学号 08101002 的记录，查看成绩.dbf 中的相关记录是否随之删除了。

实验 8

查询设计器与视图

[实验目的]

1. 掌握查询基本概念和用法。
2. 熟悉查询设计器和视图设计器。
3. 利用查询设计器建立查询。
4. 利用视图建立查询。

[实验学时]

2 学时。

[实验内容]

实验 8.1　查询设计器

1. 用查询设计器创建查询。

（1）打开项目管理器的"数据"选项卡，选择"查询"选项，单击"新建"按钮，弹出"新建查询"对话框。

（2）在"新建查询"对话框中单击"新建查询"按钮，进入"添加表或视图"窗口。

（3）在"添加表或视图"窗口将数据表添加到"查询设计器"窗口（见图7-1）。

（4）在"查询设计器"窗口完成相关查询字段设置。

（5）在查询设置完成后，在"查询设计器"中右击，选择"输出设置"选项，进行"查询去向"的选择（如图7-2所示）。

（6）在"查询设计器"中右击，选择"运行查询"选项，可得到查询结果。

2. SELECT-SQL 数据查询命令。

（1）投影查询

Select 学号,姓名,性别,出生日期 from 学生

（2）条件查询

Select 学号,课程编号,成绩 from 成绩
where 成绩>=90

（3）多重条件查询

```
Select 学号,课程编号,成绩 from 成绩
where 课程编号='1002' and 成绩>=85
```

（4）确定集合

```
Select 学号,课程编号,成绩 from 成绩
where 课程号 IN ('2001' , '4002')
AND 成绩>=90
```

（5）部分匹配查询

```
Select 学号,姓名 from 学生
where 姓名 LIKE '张%'
```

（6）统计查询

```
Select 学号,SUM(成绩) as 总分,AVG(成绩) as 平均分 from 成绩
where 学号='08102002'
```

（7）分组查询

```
Select 系名,COUNT(*)AS 人数 from 学生 GROUP BY 学号
```

（8）查询的排序

```
Select 学号,成绩 from 成绩
where 课程编号='3001' ORDER BY 成绩 DESC
```

（9）连接查询

```
Select 学生.学号,姓名,课程编号
from 学生,成绩
Where 学生.学号=成绩.学号
AND 姓名="李文"
```

实验 8.2　视图

1. 使用菜单创建视图（要求查询学生表中姓名由两个字组成或者是党员的所有学生的学号、姓名、性别、出生日期、年龄，并且将结果按年龄升序排列）。

2. 使用 create view 命令创建视图（要求查询学生表中和罗丹是同一年份出生的学生信息）。

3. 对第一步创建的视图设置更新条件。

实验 9

SQL 查询

[实验目的]

掌握 SQL 语言数据查询功能语句的使用。

[实验学时]

2 学时。

[实验内容]

实验 9.1　SQL 查询功能

1. 查询学生表中所有计算机系的男同学信息。
2. 查询学生表中马静、李文、钱云的性别、出生日期、系名。
3. 查询女同学的成绩并按成绩降序排列。
4. 查询和李文在同一个系的学生信息。
5. 查询所有刘姓的学生信息。
6. 查询各系的成绩平均值。
7. 查询学生档案表中所有系名。
8. 从学生表和成绩表查询所有成绩在 80 分以上的学生的姓名、年龄和成绩。

实验 9.2　SQL 的定义功能

1. 使用 create 创建学生表的结构。
2. 使用 alter 命令在学生表中增加一个新的字段"入校时间 d"。
3. 使用 alter 命令在学生表中将姓名字段的宽度修改为 8。

实验 9.3　SQL 操作功能

1. 使用 insert 命令在学生档案表中插入一新记录("20050373", "张明", "男",{1987/2/5}, "02010501", "是",520)。

2．使用 delete 命令删除第三步新增的记录。

3．使用 update 将学生档案表第三条记录后党员的入学成绩增加 10 分。

操作步骤如下。

（1）将"学号"设置为关键字，将"姓名"、"出生日期"、"入学成绩"设置为更新字段。

（2）选择发送 sql 更新。

（3）用 sqlwhere 子句分别选择关键字、关键字和可更新字段、关键字和已修改字段，运行后分别测试它们的区别。

实验 10

顺序结构程序设计

[实验目的]

1. 熟悉 VFP 命令文件的建立和执行。
2. 掌握结构化程序设计的一般方法。
3. 掌握基本的输入、输出语句的使用。
4. 掌握程序设计基本结构中的顺序结构设计的基本方法。

[实验学时]

2 学时。

[实验内容]

实验 10.1　基本输入语句

基本输入语句包括程序文件的建立、保存、修改和运行。

1. 命令方式

MODIFY　COMMAND　文件名

2. 菜单方式

文件→新建→程序。

3. 保存

文件→保存　或者文件→另存为。

4. 修改

文件→打开→文件名。

5. 运行

DO　程序名

菜单方式：程序→运行，或者工具栏中直接单击"！"按钮。

实验 10.2　顺序结构程序设计

1. 编写程序 1.prg，鸡兔的总头数为 h，总脚数为 f，求鸡兔各有多少只？

鸡兔同笼问题的算法为:

$$x = (4h - f)/2 \qquad y = (f - 2h)/2$$

操作步骤如下。

（1）通过选择菜单"文件"→"新建"等一系列操作（关于通过菜单方式新建文件的操作在前面实验中已叙述多次，在此不再赘述），打开程序编辑窗口，编辑程序文件 1.prg。

（2）在程序编辑窗口，参考下列程序编写并输入程序。

```
Clear
h=16
f=40
x=(4*h-f)/2
y=(f-2*h)/2
?  "共有鸡",x
?  "共有兔",y
cancel
```

2. 编写程序 2.prg，根据从键盘输入的学生姓名，查找显示该学生的信息。

```
USE    学生
ACCEPT    "输入学生姓名"    TO    XM
LOCATE    FOR  姓名=XM
  DISPLAY
USE
RETURN
```

实 验 11

选择结构程序设计

[实验目的]

掌握程序设计基本结构中的选择结构设计的基本方法。

[实验学时]

2 学时。

[实验内容]

实验 11.1 if-endif 语句

编写程序文件 3.prg，从键盘接收两个数，在屏幕输出大数。

操作步骤如下。

1. 通过选择菜单"文件"→"新建"等一系列操作，打开程序编辑窗口，编辑程序文件 3.prg。

2. 在程序编辑窗口，参考下列程序编写并输入程序。

```
INPUT "X-" TO X
INPUT "Y=" TO Y
IF X<Y            &&如果 X<Y,把 X 与 Y 交换
    T=X           &&引入第三个变量 T,进行三角交换
    X=Y
    Y=T
ENDIF
?X
RETURN
```

3. 关闭程序编辑窗口。

4. 选择菜单"程序"→"运行…"，在打开的"运行"对话框中选择程序文件 3.prg，单击"运行"按钮运行程序。

5. 当系统提示程序有语法错误，或虽无语法错误但程序运行结果不正确时，打开程序编辑窗口修改程序，反复运行程序，直至程序运行结果正确为止。

实验 11.2　if-else-endif 语句

　　编写程序文件 4.prg，在学生表中，按用户输入的学号查找指定的学生。找到时，显示所找到学生的学号、姓名、性别、出生日期字段值；没有要查找的记录时，用信息框函数给用户以提示。

　　实验要求：使用菜单方式建立程序并运行程序。

　　操作步骤如下。

　　1．通过选择菜单"文件"→"新建"等一系列操作，打开程序编辑窗口，编辑程序文件 4.prg。

　　2．在程序编辑窗口，参考下列程序编写并输入程序。

```
clear
input    "请输入要查找的学生的学号："  to XH
use    学生
locate for  学号=XH
if found()
  browse   fields  学号,姓名,性别,出生日期
else
  messagebox( "没有您指定的学生  ", 0+64+0, "查找结果")
endif
use
```

　　3．关闭程序编辑窗口。

　　4．选择菜单"程序"→"运行…"，在打开的"运行"对话框中选择程序文件 4.prg，单击"运行"按钮运行程序。

　　5．当系统提示程序有语法错误，或虽无语法错误但程序运行结果不正确时，打开程序编辑窗口修改程序，反复运行程序，直至程序运行结果正确为止。

实验 11.3　do-case 语句

　　编写程序 5.prg，按用户输入的学号查找并显示对应学生的平均分及成绩等级，等级划分原则为：平均分低于 60 为不合格；平均分在 85 及其以上为优秀；其余为合格。

　　实验要求：使用 do case-endcase 结构编写程序，任选菜单或命令方式建立并运行程序。

　　操作步骤如下。

　　1．打开程序编辑窗口，参考下列程序建立程序文件 5.prg。

```
clear
use  成绩
accept "请输入待查学号：" to  xh
locate for  学号=xh
```

```
if  found()
  do  case
    case  平均分>=85
      dj="优秀"
    case  平均分<60
      dj="不合格"
    otherwise
    dj="合格"
    endcase
    ?"学号:"+xh
    ?"平均分:",平均分
    ?"成绩等级:"+dj
else
    messagebox( "查无此人  ", 0+64+0, "查找结果")
endif
use
```

2. 运行程序 5.prg。

实验 11.4   选择结构的嵌套

1. 打开程序编辑窗口，参考下列程序建立程序文件 6.prg。

```
CLEAR
    input  "输入定期年限: " TO  NX
    IF NX<1
        LL=0.03
    ELSE
            IF NX<3
                LL=0.05
            ELSE
                    IF NX<5
                        LL=0.07
                    ELSE
                            LL=0.09
                    ENDIF
            ENDIF
    ENDIF
    ? "利率=",LL
```

2. 打开程序编辑窗口，参考下列程序建立程序文件 7.prg。

```
Clear
  Input "X : " to x
      Do  Case
            Case  x<=1
                Y=2*x+3
            Case  x>1 and x<5        &&(等价于 x<5)
                Y=x+5
```

```
            Otherwise
                   Y=2*x+5
        Endcase
? "Y=",Y
Return
```

实验 12

循环结构程序设计

[实验目的]

掌握程序设计基本结构中的循环结构设计的基本方法。

[实验学时]

2 学时。

[实验内容]

实验 12.1 do-while 语句

1. 假设有一张足够大的厚度为 0.01mm 的纸，请计算对折多少次之后，纸的厚度超过珠峰的高度 8848.43m。

实验要求：编写含有循环结构的程序来计算。

操作步骤如下。

（1）打开程序编辑窗口，参考下列程序建立程序文件 8.prg。

```
clear
h=0.01
n=0
do while  h<8848430
  h=h*2
  n=n+1
enddo
?  "当对折次数为:",n
?  "纸的厚度达到:"+str(h/1000,8,2)+"m,超过珠峰高度。"
```

（2）运行程序 8.prg。

2. 用 do-while 语句编写程序，实现计算 $1+2+3+\cdots+100$。

打开程序编辑窗口，参考下列程序建立程序文件 9.prg。

```
S=0                      &&存放累加和的变量 S 初值为 0
N=1                      &&取第一个自然数
DO   WHILE   N<=100
        S=S+N              &&累加当前自然数
        N=N+1              &&取下一个自然数
```

```
        ENDDO
        ?S
        cancel
```

实验 12.2　for 语句

1. 小猴在第 1 天摘了一堆桃子，当天吃掉一半零 1 个；第 2 天继续吃掉剩下的桃子的一半零 1 个；以后每天都吃掉尚存桃子的一半零 1 个，到第 7 天要吃的时候发现只剩下 1 个桃子了，问小猴第 1 天共摘下了多少个桃子？

实验要求：使用 for-endfor 循环编写程序计算，计算结果用信息框函数显示。

问题分析如下。

设第 n 天的桃子数为 X_n，那么 X_n 是前一天桃子数 X_{n-1} 的 1/2 减一。

即 $X_n = X_{n-1} - 1$，或：$X_{n-1} = (X_n + 1) \times 2$。

已知：当 $n = 7$ 时桃子数为 1，则第 6 天的桃子数可由上面的公式得为 4 个，依次类推，即可求得第 1 天摘的桃子数。

操作步骤如下。

（1）打开程序编辑窗口，参考下列程序建立程序文件 10.prg。

```
clear
x=1
for  i=6  to  1  step  -1
    x=(x+1)*2
endfor
messagebox( "猴子第一天摘了"+alltrim(str(x))+"只桃子", 0+64+0, "计算结果")
```

（2）运行程序 10.prg。

2. 用 for 语句实现输出 1～100 的整数及其平方根。

打开程序编辑窗口，参考下列程序建立程序文件 11.prg。

```
CLEAR
FOR x=1 TO 100
  ? x,SQRT(X)
NEXT
```

实验 12.3　scan-endscan 语句

用逐条记录循环操作的方法打印输出表文件"学生.DBF"中每条记录的姓名和出生日期。

实验要求：编写程序完成。

操作步骤如下。

1. 打开程序编辑窗口，参考下列程序建立程序文件 12.prg。

```
CLEAR
        ? "姓名    出生日期
       USE   学生
        SCAN
           ? 姓名+ "      "
           ?? 出生日期
       ENDSCAN
       USE
```

2. 运行程序 12.prg。

思考问题：若使用 do while-enddo 循环，则程序将怎样编写？

实验 12.4　循环结构的嵌套

1. 判断给定整数 N 是否为素数。

打开程序编辑窗口，参考下列程序建立程序文件 13.prg。

```
Clear
Input  "请输入一个整数:"  to  N
For  I=2  to  N-1
     If  N%I=0
         Exit
     Endif
Endfor
If  I=N
   ?N, "是素数"
Else
   ?N, "不是素数"
Endif
Return
```

2. 计算 $1!+2!+3!+\cdots+(n-1)!+n!$。

打开程序编辑窗口，参考下列程序建立程序文件 14.prg。

```
clear
input "n=" to n
s=0
for i=1 to n
    t=1
    for a=1 to i
        t=t*a
    endfor
    s=s+t
endfor
?s
```

实验 13
子程序、过程及变量的作用域

[实验目的]

    1．熟悉 VFP 的过程及过程文件的使用。

    2．进一步掌握 VFP 结构化程序设计的应用。

    3．了解 VFP 程序调试工具的使用方法。

[实验学时]

    2 学时。

[实验内容]

实验 13.1　主程序、子程序编写及其调用

    1．实验题目 1：现有一个主程序 main.prg 和两个过程 sub1.prg、sub2.prg。
操作步骤如下。

    （1）分别建立一个主程序 main.prg 和两个过程 sub1.prg、sub2.prg。

主程序 main.prg 如下：

```
?'$$$$$1'
DO sub1
?'$$$$$2'
DO sub2
?'$$$$$3'
```

过程 sub1.prg 为：

```
?'*****1'
RETURN
```

过程 sub2.prg 为：

```
?'*****2'
RETURN
```

    （2）运行程序 main.prg，其结果为：

```
    $$$$$1
*****1
```

```
$$$$$2
*****2
$$$$$3
```

2．实验题目 2：编写一个程序，把输入的汉字串按每字一行的形式输出。

操作步骤如下。

（1）建立程序如下：

```
SET TALK OFF
ACCEPT "请输入一个汉字串:" TO str
DO vert WITH str
SET TALK ON
RETURN


PROCEDURE vert
PARAMETER s
slen=LEN(s)
start=1
DO WHILE start<slen
    ? SUBSTR(s,start,2)
    start=start+2
ENDDO
RETURN
```

（2）运行、查看结果。

实验 13.2　过程文件

1．实验题目：求组合数 $C_{nm} - n!/(m!(n-m)!)$。

2．操作步骤如下。

（1）建立主程序（文件名为 main.prg）如下：

```
SET TALK OFF
INPUT '输入n' TO n
INPUT '输入M' TO m
STORE 1 TO t1,t2,t3
DO sjjy WITH n,t1
DO sjjy WITH m,t2
DO sjjy WITH n-m,t3
s=t1/(t2*t3)
?'所求的值为：'+STR(s,10,3)
SET TALK ON
RETURN
```

（2）建立过程（文件名为 sjjy.prg）如下：

```
PROCEDURE  sjjy.prg
PARAMETERS k,t
```

```
    i=1
    DO WHILE i<=k
        t=t*i
        i=i+1
    ENDDO
    RETURN
```

（3）运行程序。

此例中的实际参数都是变量，先将其值传递给形参，执行完过程后，t 的值为 n!，并将其值分别传给实参 t1、t2、t3。

实验 14

表单操作

[实验目的]

1. 学习和掌握利用表单设计器设计与修改表单的方法。
2. 了解表单控件的属性的定义，控件事件与方法的定义。
3. 掌握表单的调用方法。

[实验学时]

4 学时。

[实验内容]

实验 14.1 利用表单向导创建表单

实验一：使用表单向导创建一个学生基本情况的表单。操作步骤如下。

（1）在 VFP 系统菜单中选择"文件|新建"命令，或者单击工具栏上的"新建"按钮，打开"新建"对话框，如图 14-1 所示。在文件类型栏中选择"表单"单选按钮，然后单击"向导"按钮，弹出表单"向导选取"对话框，如图 14-2 所示。

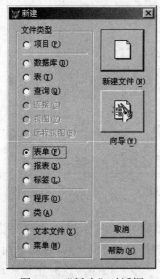

图 14-1 "新建"对话框

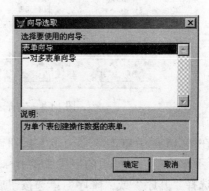

图 14-2 表单"向导选取"对话框

（2）在图 14-2 中选择"表单向导"选项，并单击"确定"按钮，出现表单向导的步骤 1-选择字段对话框，如图 14-3 所示，在对话框中选择需要的表名以及相应的字段，如果选定全部字段，则单击双箭头按钮，使得全部字段移动到选定字段列表框中。

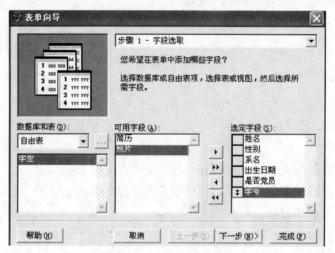

图 14-3 选择字段对话框

（3）在图 14-3 中单击"下一步"按钮，出现表单向导的步骤 2-选择表单样式对话框，如图 14-4 所示，这一步一般不需要重新选择，选择默认值即可，样式框中提供了标准式、凹显式、阴影式、边框式等样式。按钮类型框中也提供了文本按钮、图片按钮、无按钮、定制 4 种按钮类型。

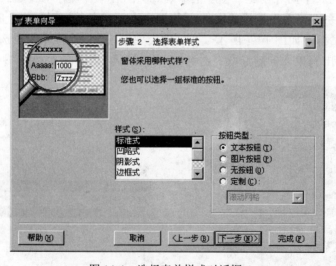

图 14-4 选择表单样式对话框

（4）在图 14-4 中单击"下一步"按钮，出现表单向导步骤 3-排序次序对话框，如图 14-5 所示，从左边"可用的字段或索引标识"框中选择排序的字段，然后单击"添加"按钮，并选择"升序"或"降序"单选按钮后单击"下一步"按钮，这时出现表单向导步骤 4-完成对话框，如图 14-6 所示。

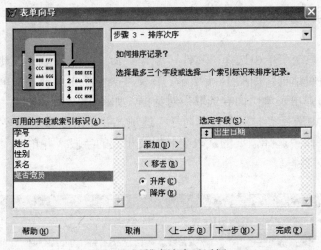

图 14-5　排序次序对话框

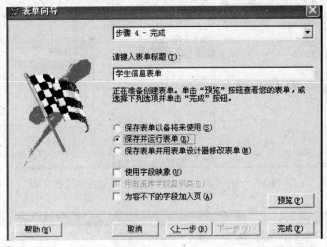

图 14-6　完成对话框

（5）在图 14-6 中输入表单标题，如"职员信息表单"，并选择"保存并运行表单"单选按钮，然后单击"完成"按钮，出现"另存为"对话框，并将该表单命名存盘，这样就完成了利用表单向导创建表单的全过程。表单的运行结果如图 14-7 所示。

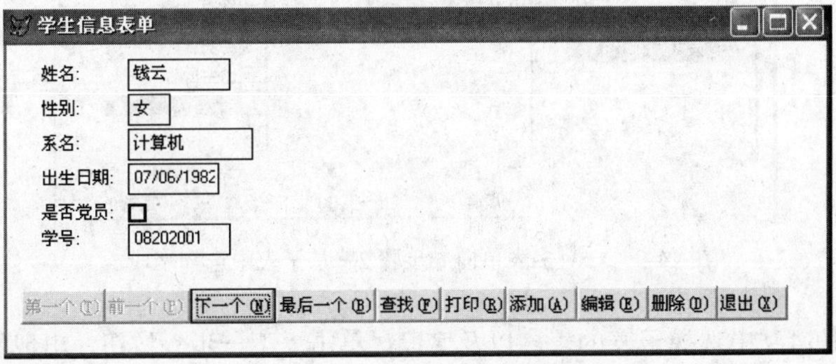

图 14-7　表单的运行结果

实验二：使用一对多表单向导根据学生表和成绩表创建一个名为"成绩"的表单。操作步骤如下。

（1）在 VFP 系统菜单中选择"文件 | 新建"命令，或者单击工具栏上的"新建"按钮，打开"新建"对话框，如图 14-1 所示。在文件类型栏中选择"表单"单选按钮，然后单击"向导"按钮弹出表单"向导选取"对话框，如图 14-2 所示。

（2）在 14-2 中选择"一对多表单向导"选项。并单击"确定"按钮，出现如图 14-8 所示的对话框，在图中选择需要的父表表名以及相应的字段，并单击"下一步"按钮。出现图 14-9 所示的对话框。

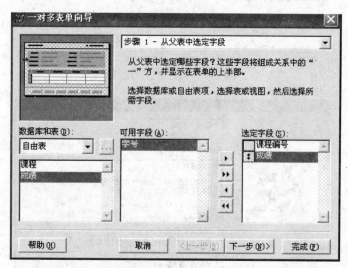

图 14-8 一对多表单向导步骤 1—从父表中选择字段

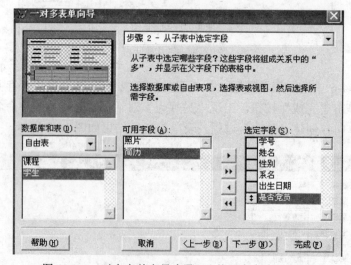

图 14-9 一对多表单向导步骤 2—从子表中选择字段

（3）在图 14-9 中选择子表的表名以及字段，单击"下一步"按钮，出现图 14-10 所示的对话框。

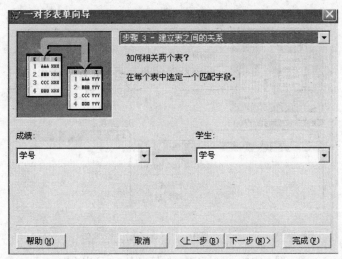

图 14-10 一对多表单向导步骤 3—建立表之间的关系

（4）在图 14-10 中建立两表之间的关联关系为"学号"对"学号"。两个数据表的关联字段相同时系统以默认值显示该关联关系，如果两个数据表的关联字段不相同，则需要用户自己设置关联字段，并单击"下一步"按钮，出现图 14-11 所示的对话框。

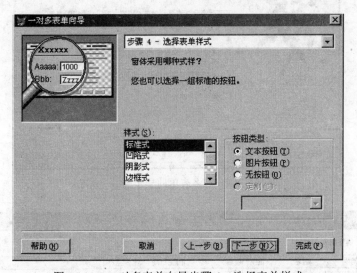

图 14-11 一对多表单向导步骤 4—选择表单样式

（5）在图 14-11 中选择一种表单的样式，单击"下一步"按钮，出现图 14-12 所示的对话框。选择排序的字段，如"成绩"，并单击"下一步"按钮，出现图 14-13 所示的对话框。

（6）在图 14-13 中选择"保存并运行表单"单选按钮，指定表单存储的目录和文件名，单击"完成"按钮。这样依照"表单向导"就完成了一对多表单的设计工作。表单的运行结果如图 14-14 所示。

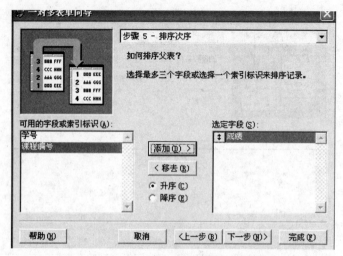

图 14-12　一对多表单向导步骤 5—排序次序

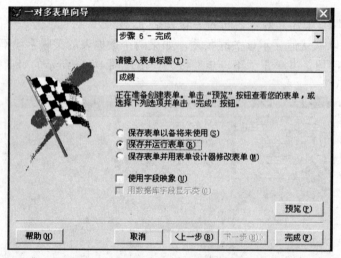

图 14-13　一对多表单向导步骤 6—完成

图 14-14　一对多表单的运行结果

实验 14.2　利用表单设计器创建表单

实验题目 1：创建表单。

操作步骤如下。

（1）"文件"→"新建"→"表单"。

（2）"项目管理器"→"文档"→"表单"→"新建"。

（3）命令：

```
create form<表单名>
```

或

```
modi form <表单名>
```

实验题目 2：修改表单。

```
modi form <表单名>
```

实验题目 3：保存表单。

操作步骤：

"文件"→"保存/另存为"；Ctrl＋W；单击"关闭"按钮。

通过存盘将表单保存在扩展名为.scx 的表单文件和.sct 表单备注文件中。

实验题目 4：执行表单。

操作步骤如下。

命令：

```
do form <表单名>
```

快捷菜单→执行表单。

表单菜单→执行表单。

实验题目 5：熟悉表单设计器可用工具栏。

如表单控件工具栏（用于在表单上创建控件），布局工具栏（用于对齐控件、放置控件、调整控件大小），调色板工具栏（前景色、背景色设置），表单设计器工具栏。

实验题目 6：设置数据环境。

定义表单或表单集时使用的数据源，包括表、视图、关系。

操作步骤如下。

打开数据环境：①表单设计器快捷菜单；②单击"显示"按钮→数据环境。

实验题目 7：表单控件设置。

操作步骤如下。

（1）创建控件。

（2）调整控件的位置和大小：选定、移动、大小设置、删除。

两个特殊的按钮：选定对象按钮、锁定按钮。

实验题目 8：调整 Tab 键次序。

操作步骤如下。

（1）选择"工具"→"选项"→"表单"→tab→交互/按列表。

（2）选择"显示"→"Tab 键次序"。

实验 14.3 标签、文本框、命令按钮设计综合应用

1．应用表单设计器设计能显示红颜色"欢迎学习 VFP 表单设计"功能的表单。

（1）启动表单设计器，第一次默认表单文件名为 Form1，从控件工具栏中选择基类，向网格画布上添加三个控件：标签、命令按钮、命令按钮，并将控件布局安排得整齐美观，如图 14-15 所示。

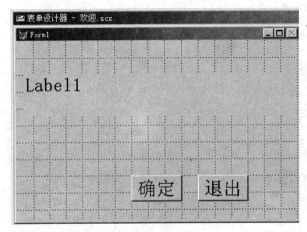

图 14-15 表单界面

（2）设置各个对象的属性，如表 14-1 所示。

表 14-1 各个对象的属性设置

控 件 名 称	属 性 设 置	功 能
Label1	不设置	—
Command1	Caption="确定" FontSize=20	设置命令按钮标题文字 设置字号=20
Command2	Caption="退出" FontSize=20	设置命令按钮标题文字 设置字号=20

（3）为对象编写事件代码和方法程序，如图 14-16 所示。

Command1 的 Click 事件代码：双击 Command1 对象，在代码窗口中写入程序代码，注意：对象、过程两个列表框中的选项要与具体的对象和事件相一致。

Command2 的 Click 事件代码为 Thisform.release 或者 release Thisform。

（4）保存表单。表单设计（无论新建或修改）完毕后，可通过存盘将其保存在扩展名

为.SCX 的表单文件和扩展名为.SCT 的表单备注文件中。存盘方法有以下几种。

图 14-16　对象事件代码和方法程序

① 选择系统菜单中"文件|保存"命令可保存当前设计的表单，设计器不关闭。

② 按组合键 Ctrl+W。

③ 单击表单设计器窗口的关闭按钮或选择系统菜单中"文件|关闭"命令，若表单为新建或者被修改过，则系统会询问是否保存表单。单击"是"按钮即将表单存盘。若用户未为表单命名，则存盘时将出现另存为对话框，以供用户确定表单文件名。应当注意：表单文件不同于表单对象。表单文件是一个程序，可包含表单集对象、表单对象及各种控件的定义。

（5）运行表单。运行表单可利用菜单"程序|运行"命令，或在命令窗口中用 DO FORM 命令运行表单，如 DO FORM <文件名>。其中表单文件的扩展名 .SCX 允许省略。或者在工具栏上单击"！"按钮。但须注意，表单文件及其表单备注文件应该同时存在方能运行表单。

2．在表单添加一个标签控件和两个按钮。实现功能：当标签显示英文 hello 时按钮上显示中文"你好"，当标签上显示中文"你好"时按钮上显示英文 hello，每次按下按钮时，当前状态都发生一次改变（当标签上为中文时，文字加粗变斜）。

（1）设计如图 14-17 和图 14-18 所示。

图 14-17　表单界面

图 14-18　表单界面

（2）对象属性设置如表 14-2 所示。

表 14-2　对象属性

对　象	属　性	属　性　值
标签（label1）	Caption	hello
按钮（command1）	Caption	你好
按钮（command2）	Caption	退出

（3）事件代码如下。

Command2 的 Click 事件代码为：

```
thisform.release
```

command1 的 Click 事件代码为：

```
if thisform.label1.caption='hello'
  thisform.label1.caption='你好'
  thisform.command1.caption="hello"
  thisform.label1.fontbold=.t.   thisform.label1.fontitalic=.t.
else
  thisform.label1.caption='hello'
  thisform.command1.caption='你好'
  thisform.label1.fontbold=.f.
  thisform.label1.fontitalic=.f.
endif
```

3．设计一个密码输入窗口，要求最多允许输入 3 次密码。

（1）设计如图 14-19 所示。

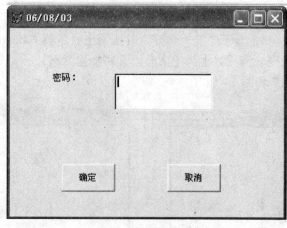

图 14-19　表单界面

（2）对象属性设置如表 14-3 所示。

表 14-3　对象属性

对　　象	属　　性	属　性　值
Form1	Caption	=dtoc(date)
Label1	Caption	密码:
Text1	Passwordchar	*
	Value	（无）
Command1	Caption	确定
Command2	Caption	取消

（3）事件代码如下。

Form1 的 load 事件代码为：

```
public i
  &&计算输入次数
i=0
```

Command1 的 click 事件代码为：

```
i=i+1
if thisform.text1.value='123456'
  messagebox('欢迎进入本系统')
  thisform.release
else
  if i<3
    messagebox("密码错,请重试")
    thisform.text1.value=''
    thisform.text1.setfocus
  else
    messagebox('密码错,禁止进入本系统')
    thisform.release
  endif
endif
```

实验 14.4　命令按钮组、复选框、编辑框、选项按钮组综合应用

1. 设计一个表单，在表单上添加按钮组，使得表单可更换不同颜色，如图14-20 所示。

（1）form1 的 caption 属性改为"换装"。

（2）在表单上创建按钮组 commandgroup1，在按钮组上右击，打开生成器进行修改，如图 14-21 所示。

在 command1-command5 的 click 事件中添加代码，如图 14-22 所示。

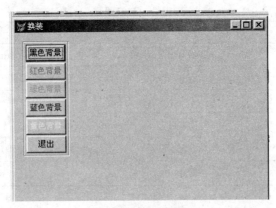

图 14-20　表单界面

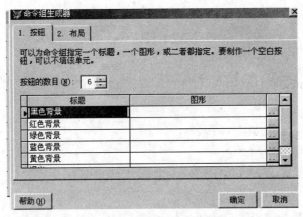

图 14-21　命令按钮组生成器

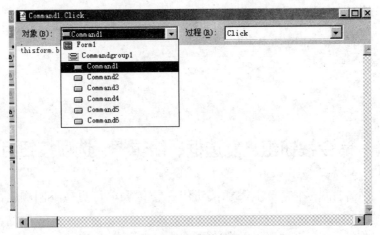

图 14-22　事件代码

```
thisform.backcolor=this.forecolor
```

在 command6 中添加如下代码：

```
thisform.release
```

2．浏览与编辑一张表

（1）创建一张表单添加一个选项按钮组控件，一个复选框控件和两个按钮控件，如图 14-23 所示，添加 status、score 表到数据环境中，修改按钮控件及复选框控件的 caption 属性。

（2）打开选项按钮组生成器，如图 14-24 所示。

图 14-23　表单界面

图 14-24　选项按钮组生成器

（3）给命令按钮添加代码。

command1 的 **click** 事件代码为：

```
if thisform.check1.value=1
   brow
else
   browse nomodi noappen nodele
endif
```

command2 的 **click** 事件代码为：

```
thisform.release
```

optiongroup1 的 **click** 事件代码为：

```
do case
   case this.value=1
      select score
   case this.value=2
      select status
endcase
```

3．当选中复选框的第一个按钮时，只能进行选项按钮组中的加、减运算；当选中复选框的第二个按钮时，只能进行选项按钮组中的乘、除运算。

（1）添加控件并布局得整齐美观，如图 14-25 所示。

（2）设置各个控件的属性，如表 14-4 所示。

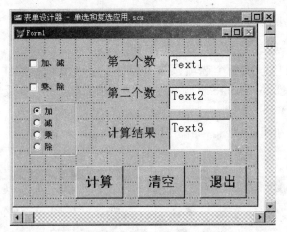

图 14-25 表单界面

表 14-4 控件属性

控 件 名 称	属 性 设 置	用 途
Label1	Caption="第一个数"	显示标题
Label2	Caption="第二个数"	显示标题
Label3	Caption="计算结果"	显示标题
Command1	Caption="计算"	显示按钮标题
Command2	Caption="清空"	为了重新计算
Command3	Caption="退出"	显示按钮标题
Check1	Caption="加、减"	显示标题
Check2	Caption="乘、除"	显示标题
Option1	Caption="加"	显示标题
Option2	Caption="减"	显示标题
Option3	Caption="乘"	显示标题
Option4	Caption="除"	显示标题

（3）编写事件的代码程序。

Command1 的 Click 事件代码为：

```
If  Thisform.Check1.Value=1  THEN
DO CASE
CASE  Thisform.OptionGroup1.Value=1
Thisform.Text3.Value=VAL(Thisform.Text1.Value)+
VAL(Thisform.Text2.Value)
CASE  Thisform.OptionGroup1.Value=2
Thisform.Text3.Value=VAL(Thisform.Text1.Value)-VAL
(Thisform.Text2.Value)
ENDCASE
ENDIF
If  Thisform.Check2.Value=1 THEN
```

```
   DO CASE
   CASE  Thisform.OptionGroup1.Value=3
   Thisform.Text3.Value=VAL(Thisform.Text1.Value)
*VAL(Thisform.Text2.Value)
   CASE  Thisform.OptionGroup1.Value=4
   Thisform.Text3.Value=VAL(Thisform.Text1.Value)
/VAL(Thisform.Text2.Value)
ENDCASE
   ENDIF
```

Command2 的 Click 事件代码为：

```
Thisform.Text1.Value=""
Thisform.Text2.Value=""
Thisform.Text3.Value=""
```

Command3 的 Click 事件代码为：

```
Thisform.Release
```

（4）保存并运行表单，运行结果如图 14-26 所示。

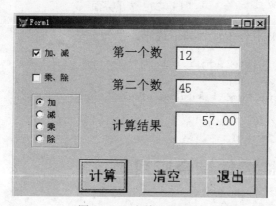

图 14-26　表单运行结果

实验 14.5　列表框的综合应用

设计一个表单，要求表单运行时，List1 列表框显示 jbqk 表内的所有字段内容，单击"移动"按钮后，List1 中被选择的字段加入 List2 中。操作步骤如下。

（1）按图 14-27 所示，在表单中加入两个列表框、两个标签、一个命令按钮。

（2）属性设置（省略）。

（3）编写事件代码。

在表单的 init 事件中加入如下代码。

```
Thisform.List1.Value=0
Thisform.List2.Value=0
USE 学生
FOR i=1 TO fcount()
```

```
                            && fcount()是返回表的字段数函数
Thisform.List1.Additem(Fields(I))
NEXT
USE
```

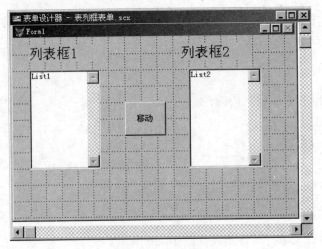

图 14-27　表单界面

Command1 的 Click 事件中加入如下代码。

```
        Thisform.List2.Addlistitem(Thisform.List1.Listitem
[Thisform.List1.Value])
        Thisform.List1.Removeitem[Thisform.List1.Value]
```

（4）保存并运行表单。

实验 14.6　表格控件综合应用

设计图 14-28 所示的表单，要求在学生表组合框中选择一个学号，在成绩表格中能按学号浏览学生相关信息。设计步骤如下。

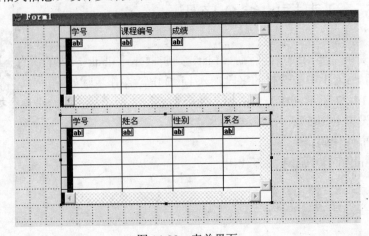

图 14-28　表单界面

（1）设置数据环境：在表单设计器的网格画布上的空白处右击，在快捷菜单中选择"数据环境"选项，打开数据环境设计器，在数据环境设计器上右击，在快捷菜单中选择"添加"选项，如图 14-29 所示。把学生表作为父表，成绩表作为子表加入数据环境，并在"学号"字段之间建立一对多关系。

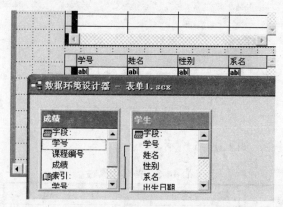

图 14-29　数据环境设计器

（2）从数据环境设计器中把成绩表和学生表拖到表单设计器中。

（3）运行表单，在第二个表中选择一个学号，第一个表格中就只显示该学号系的学生信息，如图 14-30 所示。

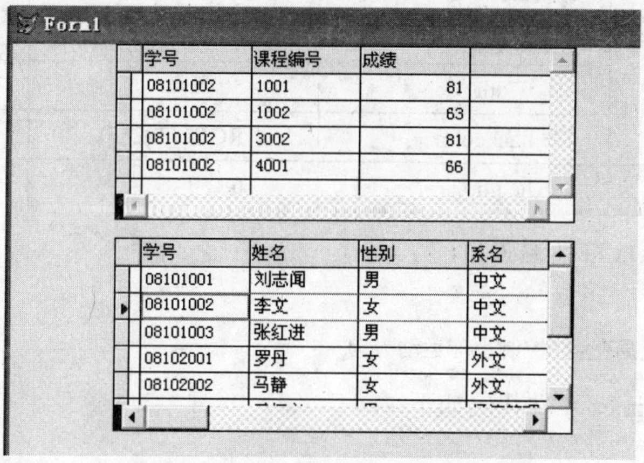

图 14-30　表单运行结果

实验 14.7　容器、形状、计时器控件的综合应用

设计图 14-31 所示的表单，实现小球沿直线水平运动，到达表单边缘时改变方向，循环往复。小球的运动速度有快、慢、停三档。

1. 新建表单，在其中添加一计时器控件 Timer1，一个形状控件、一个线条控件、一个选项按钮组。

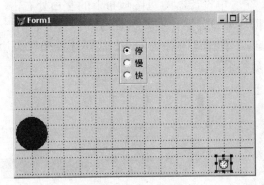

图 14-31　表单界面

2. 设置各对象属性，如表 14-5 所示。

表 14-5　各对象属性

对　　象	属　　性	属　性　值	说　　明
Optiongroup1	buttoncount	3	按钮数目
Option1	Caption	停	—
Option2	Caption	慢	—
Option3	Caption	快	—
shape1	Curvature	99	圆
	height	50	—
	width	50	—
	backcolor	RGB(0,0,255)	蓝色
Line1	height	0	直线

3. 表单的 LOAD 事件编码为：

```
Publ Xx
XX=.T.     &&全局变量,控制小球运动方向
```

4. Timer1 的 Timer 事件代码如下：

```
IF XX
    THISFORM.SHAPE1.LEFT=THISFORM.SHAPE1.LEFT+10
    IF THISFORM.SHAPE1.LEFT>=THISFORM.WIDTH-
THISFORM.SHAPE1.WIDTH
        XX=.F.                          &&到达表单右边界
    ENDIF
ELSE
    THISFORM.SHAPE1.LEFT=THISFORM.SHAPE1.LEFT-10
    IF THISFORM.SHAPE1.LEFT<=0
        XX=.T.                          &&到达表单左边界
    ENDIF
ENDIF
```

5．Optiongroup1 的 Click 事件代码如下：

```
Do Case
    Case Thisform.Optiongroup1.Value=1
        Thisform.Timer1.Interval=0        &&关闭 timer 事件
    Case Thisform.Optiongroup1.Value=2
        Thisform.Timer1.Interval=500      &&慢
    Case Thisform.Optiongroup1.Value=3
        Thisform.Timer1.Interval=100      &&快
Endcase
```

实验 15

菜单操作

[实验目的]

    1. 掌握创建菜单及子菜单的方法。

    2. 学会给菜单指定任务。

    3. 学会创建表单菜单的方法。

[实验学时]

    2 学时。

[实验内容]

实验 15.1　快捷菜单

    建立一个具有"剪贴板"功能的快捷菜单，供编辑订购单报表使用。当用户在表单窗口中右击时，出现此快捷菜单，实现对选定对象的编辑操作。

    操作步骤如下。

    （1）从项目管理器的"其他"选项卡中选择"菜单"选项，再单击"新建"按钮，弹出"新建菜单"对话框。

    （2）插入系统菜单栏。在"快捷菜单设计器"窗口中单击"插入栏"按钮，打开"插入系统菜单栏"对话框，在该对话框中分别将"清除"、"粘贴"、"复制"和"剪切"等选项插入到快捷菜单设计器中，如图 15-1 所示。然后关闭"插入系统菜单栏"对话框，并保存快捷菜单文件。

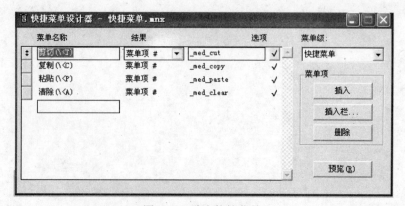

图 15-1　建立快捷菜单

（3）生成快捷菜单程序。选择主菜单栏中的"菜单"选项中的"生成"命令，打开"生成菜单"对话框，在该对话框中填写输出的菜单文件名和确定输出位置，如图 15-2 所示。

图 15-2　"生成菜单"对话框

（4）新建订购表单。以 dgd.dbf 表为数据源，使用表单向导建立一个商品订购表单，将表单的 ShowWindows 属性值设为"2-顶层表单"，使该表单成为顶层表单，接着在表单的 RightClick 事件代码中添加如下代码。

```
DO  D:\Visual FoxPro 数据库\示例数据库\快捷菜单.mpr
```

（5）运行表单。在命令窗口中执行 DO FORM d:\vf 数据库\示例数据库\订购表单.scx 文件，就可以运行表单，此时选择某一字段数据后，在表单上右击就弹出快捷菜单，便可执行剪切、复制、粘贴等编辑操作，如图 15-3 所示。

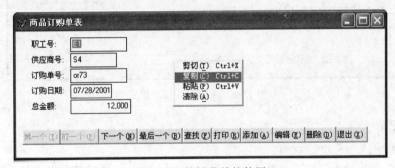

图 15-3　快捷菜单的使用

实验 15.2　菜单设计器

使用菜单设计器创建一个系统主菜单，内容如表 15-1 所示，并将菜单内容附加到系统表单中。

表 15-1　菜单内容

主　菜　单	菜　单　项	功　　能
数据录入	人事档案、工资表、部门代码	编辑修改表数据
数据浏览	数据表浏览	浏览表记录
数据查询	人事档案查询、工资情况查询、部门代码查询、综合查询	按照相应条件查询数据
报表输出	报表、标签	按照相应条件输出报表、标签
退出	退出	退出菜单

（1）在项目管理器的"其他"选项卡中选择"菜单"选项，单击"新建文件"按钮，弹出"新建菜单"对话框。

（2）在该对话框中选择"菜单"选项，即进入菜单设计器窗口。

（3）在"菜单设计器"的"菜单名称"中输入"数据录入（\<x）"，在"结果"列中选择"子菜单"选项。

（4）同上方法完成其他主菜单的各个菜单标题：数据浏览、数据输出和退出，并分别为这四个菜单标题加上访问键字母：L、E、P、Q，完成结果如图 15-4 所示。

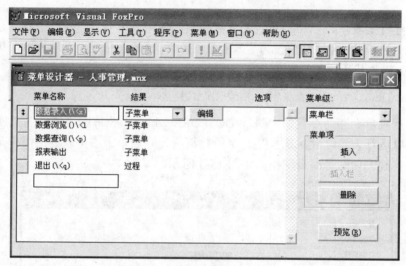

图 15-4　主窗口完成菜单

（5）创建菜单项。

① "数据录入"菜单栏设置。

a. 单击"数据录入"栏"编辑"列中空白按钮，进入"数据录入"子菜单设计器。在"菜单名称"中输入"人事档案"，在"结果"列表中选择"命令"选项，如图 15-5 所示，然后单击"创建"按钮。

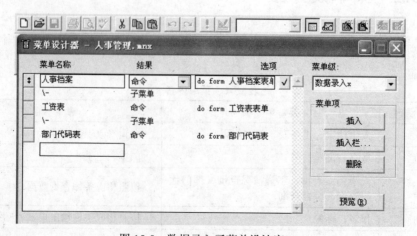

图 15-5　数据录入子菜单设计窗口

b．单击"选项"列空白按钮，弹出"提示选项"对话框。

c．将光标定位到"键标签"文本框中，同时按住 Ctrl 和 r 键，定义执行该菜单的快捷键。在信息文本框中输入"录入人事档案数据"的提示信息，设置结果如图 15-6 所示。

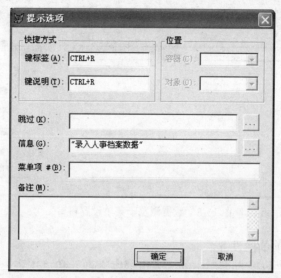

图 15-6　"提示选项"对话框

d．单击"确定"按钮，返回"菜单设计器"。

e．在"数据录入"菜单下输入"\-"作为菜单之间的分隔线，在"结果"列表中选择"子菜单"选项。

f．同上题方法完成"工资表"、"部门代码表"菜单项的设置，结果如图 15-7 所示。

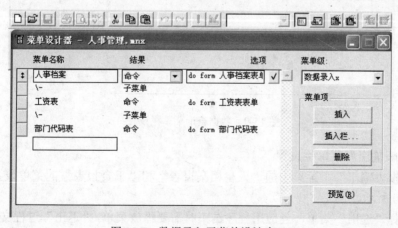

图 15-7　数据录入子菜单设计窗口

g．选择"菜单级"列表框中的"菜单栏"选项，回到系统菜单的"菜单设计器"，完成"数据录入"主菜单中菜单项的设置。

② "数据浏览"主菜单中菜单项设置。

同上题方法完成"数据浏览"菜单的设置。设置结果如图 15-8 所示，在其中输入命令

"do form 选择数据表.scx"。

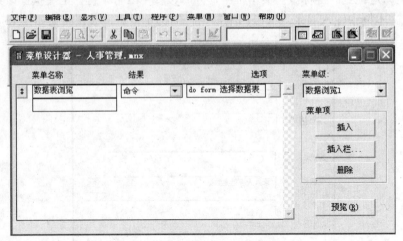

图 15-8 数据浏览子菜单设置窗口

③ "数据查询"菜单栏设置。

同上题方法完成"数据查询"中的"人事档案查询"和"工资查询"的菜单设置，完成结果如图 15-9 所示。

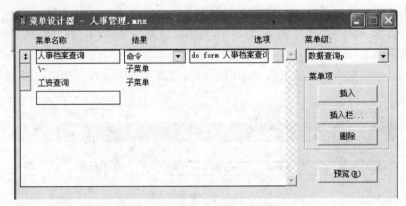

图 15-9 数据查询菜单栏设置

④ "报表输出"菜单栏设置。

完成"报表输出"主菜单中的"人事档案报表"和"工资报表"的菜单设置，完成结果如图 15-10 所示。

（6）选择"退出"菜单，当应用程序结束时需要释放菜单，"退出"过程文件内容：

```
Release menus
Set sysmenu to default
```

（7）单击"显示"菜单中的"常规选项"命令，出现"常规选项"对话框，选中"顶层表单"复选框。

（8）预览并以文件名"人事管理.mnx"保存该表单。

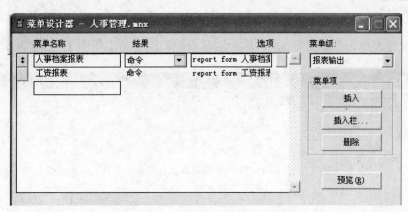

图 15-10 报表输出菜单栏设置

（9）依次选择"菜单"、"生成"菜单命令，在图 15-11 所示的"生成菜单"对话框中单击"生成"按钮。

图 15-11 "生成菜单"对话框

（10）打开表单设计器，在表单中创建图 15-12 所示的表单。

图 15-12 主菜单表单

（11）设置表单属性。

Form1.showwindow=2-作为顶层表单。

（12）编写表单 form1 的 init 代码。

```
Do   人事管理.mpr   with this.t.
```

（13）保存表单为系统菜单.scx，然后运行表单，运行结果如图 15-13 所示。

图 15-13　系统菜单执行界面

实验 16

报表

[实验目的]
1. 掌握使用向导方式创建报表过程。
2. 掌握使用报表设计器设计报表的过程。
3. 熟悉报表设计器的使用。
4. 掌握报表的运行。

[实验学时]
2 学时。

[实验内容]

实验 16.1　利用报表向导创建报表

1. 根据学生管理数据库中的学生成绩表创建一个成绩报表文件(xscj.frx)，并预览报表。

（1）首先使用报表向导创建报表文件，然后在报表设计器中进一步修改报表，使预览结果如图 16-1 所示。

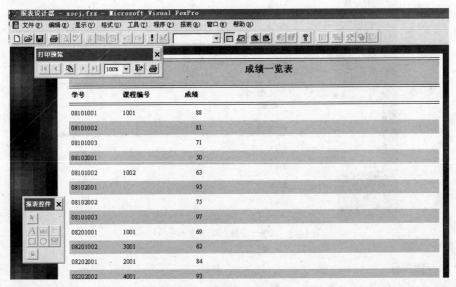

图 16-1　成绩报表（预览图）

（2）步骤提示。

① 通过选择"文件"→"新建"→"报表"→"向导"，打开"向导选取"对话框，选择要使用的向导为"报表向导"，单击"确定"按钮，在以下各主要向导步骤中进行相应的设置。

② 步骤 1—字段选取，选择成绩表（成绩.dbf），将图 16-1 所示的各字段添加到选定字段列表中。

③ 步骤 3—选择报表样式，选择报表样式为"带区式"。

④ 步骤 6—完成，输入报表标题为"成绩一览表"，选择"保存报表并在'报表设计器'中修改报表"单选按钮，单击"完成"按钮，保存报表文件 xscj。

⑤ 在报表设计器窗口删除标题栏中的 DATE ()＿＿＿，调整标题文本"成绩一览表"的位置以及字体字号。

⑥ 选择"文件"→"打印预览"，预览报表。

⑦ 关闭报表设计器窗口，保存对 xscj.frx 报表的修改。

2．根据学生管理数据库中的成绩表和课程表创建一个学生课程成绩表（dajb.frx）的一对多报表文件，并预览报表。

（1）使用报表向导创建报表文件，如图 16-2 所示。

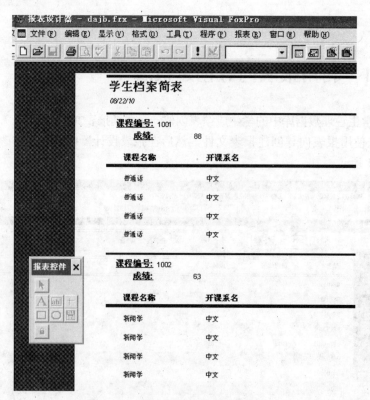

图 16-2　学生课程成绩表（预览图）

（2）步骤提示。

① 通过"文件"→"新建"→报表→向导，打开"向导选取"对话框，选择要使用

的向导为“一对多报表向导”，单击“确定”按钮，在以下各主要向导步骤中进行相应的设置。

② 步骤 1—从父表选取字段，选择成绩表，将课程编号和成绩两个字段添加到选定字段列表中。

③ 步骤 2—从子表选择字段，选择课程表，将图 16-2 所示的课程名称和开课系名添加到选定字段列表中。

④ 步骤 5—选择报表样式，选择样式为“简报式”。

⑤ 步骤 6—完成，输入报表标题为“学生档案简表”，选择“保存报表以备将来使用”，单击“预览”按钮预览报表，单击“完成”按钮保存报表文件 dajb。

实验 16.2　报表设计器

根据学生管理数据库中的学生表创建一个学生档案卡报表文件（xsdak.frx），并预览报表。使用报表设计器设计报表，设计界面如图 16-3 所示。

学生档案卡

学号	姓名	性别	出生日期	入学成绩
20050090	张婷	女	10/29/87	509
20050091	肖萌	女	02/28/87	527
20050092	李铭	男	12/25/86	573

图 16-3　设计界面（预览图）

（1）通过选择“文件”→“新建”→“报表”→“新建文件”，打开报表设计器窗口。

（2）选择“显示”→“数据环境”，在数据环境设计器窗口中右击，选择“添加”选项，添加学生表。

（3）调整页标头带区和细节带区的宽度。

（4）选择“显示”→“工具栏…”→“报表控件”，显示“报表控件”工具栏。

（5）参考图 16-3 所示的位置，选择“矩形”工具画表格的边框，选择“线条”工具画表格的间线以及标题的下划线。

（6）参考图 16-3 所示的位置、文字以及文字样式，用“标签”工具添加表格标题（学生档案卡）和各栏标题（学号、姓名等）。并运用布局工具栏、调色板设置控件的位置、颜色以及对齐方式。

（7）从数据环境设计器窗口，将 xsda 表的要输出的字段逐一拖到表格的相应位置处。在与“照片”字段对应的图片控件上双击，可进一步设置图片控件的属性。

（8）选择“文件”→“打印预览”，预览报表。

（9）关闭报表设计器窗口，保存报表文件 xsdak。

参 考 文 献

[1] 全国计算机等级考试教材编写组. 新大纲 2009 年考试专用全国计算机等级考试历年试卷及详解汇编：
二级 Visual FoxPro[M]. 北京：人民邮电出版社，2009.

[2] 章立民. Visual FoxPro 6.0 程序设计与应用[M]. 北京：中国铁道出版社，2004.

[3] 刘丽，张玉凤. Visual FoxPro 程序设计习题集及实验指导[M]. 2 版.
北京：中国铁道出版社，2009.

[4] 高荣芳. 数据库原理与应用[M]. 2 版. 西安：西安电子科技大学出版社，2009.

[5] 刘淳. Visual FoxPro 数据库与程序设计[M]. 北京：中国水利水电出版社，2004.

[6] 于丽，刘玉平. Visual FoxPro 6.0 程序设计教程[M]. 沈阳：辽宁大学出版社，2006.

[7] 李正凡. Visual FoxPro 程序设计基础教程[M]. 北京：中国水利水电出版社，2006.

[8] 李作纬. Visual FoxPro 程序设计及其应用系统开发[M]. 北京：中国水利水电出版社，2003.

[9] 李玉龙. Visual FoxPro 程序设计与数据库应用基础[M]. 北京：中国铁道出版社，2006.

[10] 冯关源. 数据库应用于开发[M]. 上海：上海财经大学出版社，2003.

[11] 王珊. 数据库系统概论[M]. 4 版. 北京：高等教育出版社，2006.

[12] 张莉，王强. SQL Server 数据库原理与应用教程[M]. 北京：清华大学出版社，2004.